우리는 밤마다 이야기가 되겠지

KB129231

우리는 밤마다 이야기가 되겠지

초판 1쇄 발행 2021년 3월 19일

지은이 구달, 이내, 하현, 홍승은, 황유미
펴낸이 황남희
책임편집 손선일, 황부농
디자인 원재희

펴낸곳 이후진프레스
출판등록 2018년 1월 9일(제25100-2018-000002호)
이메일 2huzine@gmail.com
인스타그램 @now_afterbooks

ISBN 979-11-91485-00-4 (03810)
값 13,000원

이후진프레스는 독립책방 이후북스의 출판 브랜드입니다.

우리는 밤마다
　　이야기가 되겠지

시작하며

이야기라는 선

이 책에 있는 글은 모두 0시에 도착한 글입니다. 0시. 누군가에게는 하루의 끝이기도 하고 시작이기도 하고 여분이기도 한 시간일 것입니다.

코로나19 바이러스로 만남이 어려웠던 때(지금도 여전하지만) 우리는 매일 0시에 각자의 점을 찍었습니다. 그 작은 점들은 발이 되어 움직이고 귀가 되어 듣기도 했습니다. 나로 시작한 이야기가 당신을 통과하여 우리를 엮었습니다.

산책하는 강아지처럼 밝고 경쾌한 글을 쓰는 구달, 일상을 여행하며 나무의 이름과 새소리를 주워 담고 나누려는 이내, 평범한 음식도 비장의 레시피로 탈바꿈해 보이는 하현, 보고 듣고 말하고 쓰는 모든 것이 언제나 깊고 투명한 홍승은, 돌아가는 모든 길에서 사건을 만드는 황유미. 여기 다섯 작가의 글은 점점이 퍼져 선으로 우리를 연결시켰습니다.

이야기라는 것은 말하고 듣고 다시 말해지는 것들이겠지요. 이 책이 누군가의 손에서 다른 이야기를 만들어 또 연결되기를 바랍니다.

이후북스 책방지기
황부농

차 례

홍 승 은   우리 사라지지 말자
――――――――――――――――――――――――――― 8

이   내   대답이 돌아오는 세계
――――――――――――――――――――――――――― 58

하   현   불안을 쓰는 마음
――――――――――――――――――――――――――― 112

구   달   취향의 여행
――――――――――――――――――――――――――― 172

황 유 미   쓰면서 알게 된 나
――――――――――――――――――――――――――― 210

우리 사라지지 말자

홍승은

집필 노동자. 누군가 남긴 이야기를 주우며
소외된 경험의 언어를 찾았듯, 헨젤과 그레텔의 빵 조각처럼
내 몫의 이야기를 기록하는 일에 관심이 있다.

나는 왜 쓸까

첫 문장을 쓰기 전에 의식처럼 질문을 곱씹는다.

"너, 이 글 왜 쓰려고 해?"

'어떻게 하면 잘 쓸까'라는 익숙한 질문은 내려놓고, 내가 왜 글을 쓰는지에 집중한다. 풀어서 말하면, 나는 누구에게 어떤 이야기를 건네고 싶은지 점검하는 과정이다. 내가 할 수 있고 하고 싶은 메시지에 집중하면 꾸준히 쓸 힘이 생기고, 그만큼 글을 선명하게 다듬을 수 있다고 믿기 때문이다. 이번에도 같은 질문을 던진다. 나는, 우리는, 왜 쓸까.

2020년 1월, 97세의 나이로 할머니가 돌아가셨다. 요즘 나는 할머니가 흘린 이야기의 조각들을 줍고 있다. 열세 살에 할아버지에게 시집가서 여덟 남매를 낳았다는 이야기. 할아버지가 사고를 당한 뒤로 홀로 농사짓고 시장에서 나물 팔며 가사와 양육까지 도맡았다는 이야기. 전쟁과 분단 때문에 생이별한 자신의 형제들을 평생 그리워했다는 이야기. 재난으로 자녀 하나를 잃고, 혼전 임신한 딸의 결혼을 허락하지 않았다가 그 딸이 사랑방에서 목을 맸다는 이야기. 하루하루 버거웠던 할머니에게 유일한 희망은 살아남은 여섯 자식과 예수님이었다는 이야기. 글을 배우지 못해 홀로 숫

10

자를 익히고선, 내 앞에서 자식들 전화번호를 또박또박 눌러 적으며 "할머니 숫자도 쓸 수 있다"라며 웃던 표정 같은 것들.

쏟아지는 하품을 숨기며 끔벅이는 눈으로 들었던 할머니의 이야기가 사라질까 봐 나는 두렵다. 수많은 기억과 애도, 내가 보고 들은 삶에 대한 책임감이 나를 쓰게 한다.

낯설게 관계 맺기

타자를 사람으로 인정한다는 것은 그의 가치를 인정하는 것이 아니라, 가치에 대한 질문을 괄호 안에 넣은 채 그를 환대하는 것을 말한다.•

코로나바이러스 확산으로 인해 대면 수업이 취소되던 지난여름, 동네 도서관에서 4주간 온라인 독서 모임을 진행했다. 매주 한 권의 책을 읽고, 월요일 자정까지 네이버 카페에 서평을 올리고, 화요일 저녁 두 시간 동안 서로의 게시글에 댓글을 달며 의견을 공유하는 방식이었다. 모임을 시작하기 직전까지 나는 의심했다. 눈빛과 표정 같은 비언어적인 소통을 주고받아야 더 풍성한 대화가 가능하지 않을까? 온라인으로 얼마나 깊이 교감할 수 있을까?

얼마 안 가 내 의심은 옅어졌다. 온라인 모임을 통해 낯설게 관계 맺는 법을 익혔기 때문이다. 가장 낯설었던 점은 정보의 여백이었다. 오프라인으로 만날 때 나도 모르게 짐작하고 판단해버리는 상대의 나이와 성별, 장애, 직업 등을 전혀 가늠할 수 없는 그 공간에서

• 김현경 지음,《사람 장소 환대》, 문학과지성사, 2015

우리는 서로에게 '함께 책을 읽고 나누는 사람'이기만 했다. 여백은 상대의 이야기에 귀를 더 쫑긋 기울이도록 했고 글을 쓸 때 조금 더 진솔해질 용기를 주었다. 때로는 문체만 보고 상대의 성별을 지레짐작하다가 내가 틀렸다는 사실을 알아차리는 순간도 있었다. 짐작과 놀람과 반성과 경청의 반복. 나는 내 짐작을 괄호 치며 4주를 보냈다.

모임 이후, 여름과 겨울에 독립책방 이후북스에서 3주간 글쓰기 수업을 진행했다. 평일에는 요일마다 주어진 글감으로 문장을 쓰고, 주말에는 동료의 글에 피드백을 다는 방식이었다. 이번에도 같은 실수와 반성을 반복했다. 내 오만을 비웃듯 예상하지 못한 이야기를 들려주는 화면 속 동료들에게 고마워서, 나도 예상하지 못한 이야기를 전하고 싶어서 매일 밤 문장을 엮었다. 내게 온라인으로 함께 글을 쓴 지난 시간은 짐작하는 습관을 버리고 서사로 관계 맺는 법을 배우는 과정이었다.

2020년 여름, 첫 공지에 나는 썼다.

"앞으로 우리가 함께할 3주도 그런 시간이 되겠죠. 새로운 감각을 열어 다르게 관계 맺는 법을 배우는 시간. 매일 함께 쓰고 읽는 시간. 기꺼이 서로의 작가이자 독자가 되어주는 시간. 서로의 마감이 되어주는 시간. 그 시간을 함께 보낼 생각을 하니 저도 기분 좋게 긴장이 됩니다. 자, 그럼 첫 글감을 공유하겠습니다."

이런 글은 위험한 것 같아

이오덕 선생님은 좋은 글의 기준을 세우기 어려울 때는 일단 나쁜 글부터 피하자고 했다. 좋은 글은 알 것 같으면서도 손에 잡히지 않아 정의 내리기 어려우니까 우선 나쁜 글을 가늠하자는 것이다.

'어떤 글이 나쁜 글일까?' 생각하는 시간은 윤리적 글쓰기를 고민하는 시간이기도 하다. 앞으로 쓸 글이 무해한 방향으로 흐를 수 있도록 읽을 때 불편한 글의 특징, 위험하다고 느끼는 표현과 관점, 태도를 꼼꼼하게 떠올린다. 어느 정도 내용이 정리되면 글을 쓸 때 수시로 찾아 읽는다. 가끔 이 기준은 자신감의 근거가 되기도 한다. 내가 쓰는 글에 자신감이 떨어질 때 '적어도 이런 글만 아니면 돼'라는 안심이 되어주니까.

글쓰기는 독백이 아니라 대화라는 말을 곱씹는다. 내가 대화하기 꺼려지는 상대의 행동을 떠올리면 어떤 글을 조심해야 할지 기준이 생긴다.

다짜고짜 나보다 몇 계단 위에 올라가서 가르치려고 드는 글. 나이, 인종, 성별, 성적 지향, 학벌 등을 기준 삼아 상대를 판단하고, 편견을 재생산하는 글. 유명한 누군가의 말에 기대서 언변은 화려하지만, 정작 자기 생각과 알맹이가 없는 글. 타인의 고통을 교훈으로 삼거나, 정의감에 취해 타인을 납작하게 대상화하는 글. 모르는 걸 아는 척 하느라 어색하고 뻣뻣해진 글.
경험을 과장해서 개인의 영웅담으로 부풀리는 글. 자
기 감정에 취해 듣는 이를 고려하지 않아서 대화가 아
닌 독백이 되어버린 글.

　지난날 했던 말실수를 떠올리며 생각했다. 대화에
도 퇴고의 기회가 있으면 좋겠다고.

새벽 4시의 감각

"정상 가족 이데올로기라는 주제로 글을 쓴다고 상상해보세요. 만약 첫 문장을 '근대에서 구성된 가족은...'으로 시작하면, 다음 문장은... 참 어렵죠? 글감을 좁혀서 첫 문장을 쓰면 어떨까요? 엄마를 생각하면 떠오르는 물건, 아빠를 생각하면 떠오르는 소리처럼, 일상적이고 내가 잘 아는 이슈로 시작하면 글을 쓸 때도 자신감이 붙고 작은 단서로도 정상 가족 이데올로기에 대한 다양한 서사를 풀어낼 수 있어요. 직접 주장하지 않고도 내 의견을 드러낼 수 있는 거죠."

글감을 찾을 때면 최대한 일상적이고 사소한 부분을 주목해서 써보자고 말한다. 아침·점심·저녁 일과와 하루를 채우는 노동, 상처나 흉터 같은 몸의 흔적, 자주 입는 옷, 살았던 집, 동네 이야기 같은. 쓰는 일은 자기 돌봄의 물리적 시공간을 적극적으로 마련하는 일. 일상에서 나를 소외하지 않으려는 투쟁이고, 나부터 나를 제대로 호명하려는 의지이기도 하다. 그래서 소외되어 왔던 일상의 풍경, 감각, 감정에 집중한다. 나는 아주 사소해 보이는 이야기를 좋아한다. 사소하지 않다는 걸 알기 때문이다.

눈을 뜨자마자 '오늘도...?'라고 생각하며 시계를 확인한다. 어김없이 시간은 새벽 4시와 5시 사이. 언제 잠들어도 이른 새벽에 일어나는 나에게 친구들은 '할머니 몸시계'라는 별명을 붙여주었다. 돌아가신 내 할머니는 시골의 그 캄캄한 새벽 3시마다 눈을 떠 어김없이 하루를 시작하는 사람이었다. 아마 친구들의 할머니도 비슷했던 걸까. 지금은 이곳에 없는 할머니들의 새벽을 잠시 떠올렸다.

더 오래 자지 못한 아쉬움을 뒤로 하고 손을 뻗어 이불과 베개 주위를 더듬으면, 잠들기 전에 일렬로 베개 옆에 둔 안경과 핸드폰과 아이코스 담배가 손에 잡힌다. 안경을 쓰고, 침대 옆에 둔 물을 한 모금 마시고, 담배 한 대를 입에 문 상태로 핸드폰을 집어 밤새 도착한 연락을 확인한다. 오늘은 메일이나 메시지보다 사람들이 간밤에 남긴 열 문장을 가장 먼저 확인했다.

밤새 쌓인 글을 읽으며 '한동안 외롭지 않은 새벽을 보낼 수 있겠구나' 하고 안심하는데, 기척이 들렸는지 아래층에서 멍멍이들이 쿵쿵 소리를 내며 얼른 내려오라고 신호를 보낸다.

나의 밤

우주는 베개에 머리를 대면 5초 만에 잠드는 능력이 있다. 지민은 우주처럼 일찍 잠드는 능력은 없지만, 요즘 유튜브로 수면 유도 주파수를 들으며 잠을 잔다. 멍멍이들도 밤이 되면 소파와 마약 방석에 자리를 잡는다.

반려인과 반려견 모두 잠든 시간, 나는 홀로 분주하다. 빨래통에 쌓인 빨래 양을 확인하고 냉장고를 뒤적이다가 의미 없이 TV 채널을 돌려본다. 재미있는 프로그램도 안 나오니까 오늘은 일단 눕기로 했다.

눈을 감고 누워있으니 지난날의 후회와 미움, 자책이 슬그머니 고개를 든다. 이런 감정은 어디에 숨어 있다가 밤만 되면 올라오는 거지? 생각이 꼬리를 물기 전에 몸을 일으켜 침대 맡에 둔 아니 에르노의 책을 펼쳤다. 내 눈을 사로잡은 그녀의 문장.

사랑하는 플레트, 나는 나의 밤으로부터 빠져나오지 못했어.•

• 아니 에르노 지음, 《한 여자》, 열린책들, 2015

18

쓰는 사람이 되는 단순한 법칙

요즘 나는 '안 쓰는 사람'이다. 글은 SNS에 근황을 올릴 때만 깨작깨작 쓴다. 쓰는 일이 직업이 되면서 언제부턴가 목적 없이는 글을 쓰지 못했다. 유치원 다닐 때부터 20대까지 써온 지난 일기장을 보면 매일 조금이라도 써왔는데, 왜 이렇게 되었지. 왜 그때처럼 쓰지 못할까 곱씹어보니 내 몸의 한계에서 비롯된 나름의 작업 수칙이 떠올랐다.

이름하여 '쓰기의 총량 지키기'. 메니에르병, 황반변성, 공황장애, 불안장애 등 각종 만성질환 때문에 하루의 에너지가 제한되어 있는 나는 체력의 한계만큼 매일 쓸 수 있는 글의 총량이 정해져 있다고 생각했다. 이걸 쓰면, 정작 써야 하는 약속된 글을 못 쓸까 봐 손가락이 근질거려도 편안하게 첫 문장을 시작할 수 없었다.

몸의 신호를 외면하지 않고, 일에 잠식되지 않으면서도, 가볍게 쓰는 순간을 일상에 추가하고 싶다. 내가 글쓰기 수업을 시작한 건 지금이 오랜 작업 수칙을 바꿀 기회라고 느꼈기 때문이다.

오후 3시의 규칙

어색한 상대와 약속을 잡을 때면 약속 시각은 오후 3시로 정한다. 차 한 잔 나누며 대화하다가 해가 지기 전에 헤어지기 적당한 시간이기 때문이다.

요즘 나의 오후 3시는 하루를 점검하는 시간이다. 오전부터 일을 시작한 날은 시곗바늘을 보며 스스로 칭찬하지만, 그렇지 않은 날은 자책한다. 지금 씻고 카페에 나가 글을 쓰자니 왠지 늦은 것 같고, 어정쩡하게 나가느니 소파에 누워 적극적으로 하루를 소모하고 싶다.

비슷한 경험을 해온 집필 동료들과 '15시 규칙'을 만들었다. 프리랜서여, 하루를 잘 살기 위해서 15시 전에 집을 나섭시다! 그 뒤로 나는 15시를 기준으로 하루 루틴을 계획한다. 오늘 15시에는 카페에 앉아 차가운 아메리카노를 마시며 글을 쓰고 있었으므로 꾸준히 하고 있다는 안심이 들었다. 정해진 시간표가 없어 한없이 자유롭고 불안한 프리랜서에게 15시 규칙은 늘어진 자유만큼 부푼 불안의 크기를 줄여준다.

흉터의 기억

운동을 시작한 지 석 달, 몸 곳곳에 운동의 흔적이 남았다. 근육이 붙었다면 좋았겠지만, 아쉽게도 그렇진 않다.

　사람들을 만나면 농담처럼 "체력과 피부를 바꿨다"라고 말한다. 새로 산 스포츠 브라가 피부를 자극해 난생처음 접촉성 피부염을 앓았다. 가슴에서 쇄골까지 두드러기처럼 올라온 빨간 점들은 수포로 변했고, 고름이 나오는 지경에 이르렀다. 따갑고 간지러워서 낮에는 웃통을 벗고 지냈고, 밤에는 얼음찜질을 하며 밤잠을 설쳤다. 통증이 지나간 자리, 가슴골 사이에는 손바닥 크기의 연회색 흉터가 남았다.

　겨우 피부가 가라앉은 뒤에도 원인 모를 만성 피부염이 생겨서 주기적으로 흉터 위에 붉은 반점들이 올라온다. 피부과 세 곳을 돌아다녔으나 원인을 잘 모르겠다는 무심한 답변과 항히스타민제, 항생제만 잔뜩 받았다. 몸 곳곳의 흉터에는 고통스러운 밤의 기억과 공장 같은 병원의 기억이 담겨있다.

내 몸의 2cm

"잠깐만, 있잖아, 사실 내가 함몰 유두인데..."

상대의 손이 옷 속으로 들어와 가슴을 더듬으려고 하면 필사적으로 손을 막고 주절주절 변명을 늘어놓던 때가 있었다. 놀라거나 덤덤하거나 웃거나, 반응은 제각각이었지만 그들은 얼마 안 가 비슷한 대사를 읊었다.

"그거 쭉 빨면 나오는 거 아니야? 내가 해줄게. 나만 믿어."

내 가슴을 볼 때마다 죄지은 표정으로 미안해하던 엄마의 말(딸들은 어릴 때 엄마가 젖꼭지를 빨아줘야 나온다는데, 엄마가 시기를 놓쳤어)을 다른 버전으로 계속 듣게 될 줄 몰랐다. 궁금해서 몇 번 가슴을 맡겨보았으나 꼭지는커녕 피부만 파랗게 멍들었고, 나중에야 안 사실이지만 엄마가 미리 빨아주지 않아서 유두가 나오지 않은 게 아니었다.

스무 살, 가슴에 4cm 섬유종이 생겨 제거 수술을 받으러 갔던 날에도 의사는 가슴에 생긴 혹보다 내 유두에 관심을 보였다.

"나중에 함몰 유두도 수술해야겠네요. 모유 수유할 때 문제가 되니까요."

함몰 유두를 검색하면 건강에 지장이 없다는 정보

는 구석에 밀려 있고, 주로 성형 광고와 함께 '유방은 여성성의 상징이자 새로운 생명에게 젖을 물리는 아름다운 신체 기관입니다'라며 유방 찬양 글이 넘쳐난다.

지름 2cm도 안 되는 유륜과 유두가 뭐라고 변명하고 숨기고 교정을 요구받는지, 그게 뭐라고 엄마는 또 자식한테 미안한 목록을 하나 추가했는지, 여성의 신체를 통제했던 긴 역사를 떠올리며 나는 지난 경험을 가만히 노려본다.

더 사랑할 수 있었던 가을

"100일에는 치마 입으면 안 돼?"

기대에 찬 눈빛으로 묻는 개구리에게 '치마 입는 거 불편한데'라고 말하지 못했던 스물한 살의 나는 마지 못해 알았다고 새끼손가락까지 걸고 약속했다.

우리가 100일 기념으로 떠난 곳은 남이섬이었다. 무릎 위로 살짝 올라오는 치마와 7cm 굽의 힐을 신고 남이섬으로 향했다. 나를 보자마자 개구리는 다리를 훑어보며 "와, 너무 예쁘다"라고 칭찬했지만, 그 시선 이 썩 달갑지 않았다. 그날 나는 한 손으로 개구리의 손 을 잡고 한 손으로 바람에 펄럭이는 치맛단을 잡느라 바빴다. 남이섬을 채 20분도 걷지 않아 슬슬 발가락이 아파서 결국 벤치에 털썩 주저앉았다.

그날의 남이섬 여행은 내 오랜 보물 상자에 사진 몇 장으로 남아있고, 사진 속 나와 개구리는 다정한 연인 의 모습을 하고 있다.

평소처럼 편한 옷을 입고 갔다면 낙엽길을 밟으면 서 같이 뛸 수 있었을 테고, 물집 잡힌 발가락에 쏠린 에너지를 내 옆에 있던 너와 단풍, 가을바람을 느끼는 데 다 쓸 수 있었을 텐데. 그래서 나는 아쉬워.

벗는 계절

겨울이 되자 '브래지어 안 한 티 날까?' 고민하며 옷을 고르던 습관이 사라졌다. 니트, 후드티, 코트나 패딩을 몸에 걸치면 가슴 모양이 드러날 일이 없다. '패션의 완성은 언더웨어', '가슴을 풍성하게 모아주는 와이어 브라' 같은 말을 옷장에서 추방한 지 10년. 경력이 쌓이면서 노브라에 대한 몇몇 노하우도 생겼지만, 옷이 얇아지면 여전히 신경 쓰이는 일이 생긴다. 노골적으로 뚫어지게 쳐다보거나 "와.. 브래지어를 안 한다고요?"라고 물으며 성애적으로 해석하는 반응은 도통 익숙해지지 않는다. 고민 없이 옷을 골라 입을 수 있는 계절엔 옷장 앞에서 서성이는 시간이 1/10로 줄어들 수밖에.

마스크를 쓰면서 화장대 앞에 앉아있는 시간도 1/10로 줄었다. 열아홉부터 꾸준히 해왔던 베이스 메이크업을 생략하면서 나는 화장 안 한 내 얼굴과 화해하고 있다. 예쁘고 못났다는 판단 없이 얼굴을 그냥 얼굴로 보는 일이 왜 이렇게 힘들었는지 (지금도 종종 힘든지) 모르겠다.

처진 가슴, 볼록 나온 배, 늘어난 모공, 얼룩진 피부를 생의 협박으로 여기며 나를 싸맸던 것들을 아주 조금씩 벗어내는 겨울이다.

하마의 노래

인간이라면 누구나 참여하고 연루되며 그 속에서 살아가야 하는 것이 바로 돌봄 관계다. 이 보편성을, 이 불가피성을, 이 공동의 운명을 '시민적 돌봄'이라 이름 붙이면 어떨까?●

아플 때 받았던 간호, 마음이 지치는 날 힘을 주던 안부 인사와 미소, 비인간 동물이 건네준 위로, 상처를 주고받던 밤과 끝내 도망쳤던 낮. 나에게 흔적을 남긴 타자를 떠올리면 내가 항상 누군가의 품에 기대어 살아왔다는 걸 실감할 수 있다. 타자가 등장하는 글은 쓸 때도 읽을 때도 가슴이 뻐근하다.

'황반변성'이라는 생소한 단어가 불청객처럼 삶에 등장한 건 스물여섯 살, 가을이었다. 어느 날부터 오른쪽 눈 한가운데에 검은 물체가 보였는데, 대수롭지 않게 몇 달을 지내다가 뒤늦게 병원에서 들은 진단명이었다. 황반변성은 망막에 기형 혈관이 생기면서 점차 시력이 떨어지는 질병이라 그대로 두면 실명 위험이

● 김영옥·메이·이지은·전희경 지음, 《새벽 세 시의 몸들에게》, 봄날의책, 2020

있다고 했다. 동네 안과에서 강원대학병원으로, 다시 서울의 강남성모병원으로 이동했다.

더 큰 병원으로 이동할 때, 마디마디의 밤마다 나는 겁에 질려 울었다. 그런 내 두려움을 보며 함께 울어주던 사람이 있었다. 춘천에서 서울로 병원을 통원할 때도, 혈관 진행을 멈추는 치료를 받을 때도 하마는 함께였다. 눈알에 주사를 맞으면 일주일간 햇빛을 보면 안 돼서 나는 암막커튼을 친 방에서 고립된 채 지내야 했는데, 그때 내가 덜 고독했던 건 순전히 하마 덕분이었다. 하마는 내 고립된 방에 함께 머무르며 손을 주무르고 밥상을 차리고 노래를 틀어주었다. 가끔은 직접 노래를 부르기도 했다. 고음 부분은 자체 묵음 처리하며 우스꽝스러운 표정을 짓던 하마의 얼굴을 떠올리면, 그때도 지금도 나는 조금 웃게 된다.

우리 사이의 노래

글쓰기 수업 첫날, 내내 고개를 숙이고 노트만 보던 '나무'는 인간관계에 지쳐서 이곳에 찾아왔다고 말했다. 수업 둘째 날에는 사실 최근에 맺은 관계가 무척 폭력적이어서 힘들었다고 털어놓았다. 수업 셋째 날에는 자기도 그 관계에 적극적으로 연루되어 있었기에 죄책감이 든다고 했다. 수업 넷째 날, 나무는 앞으로 누구도 믿을 수 없을 것 같아 두렵다며 도저히 한 글자도 쓸 수가 없다고 말했다.

오래 망설이다가 나무에게 노래 한 곡을 추천했다. 나무의 고통 앞에서 자꾸 낡고 식상한 말만 나오는 내 입을 닫고, 멜로디와 가사에 실어 마음을 전하고 싶었다.

너는 누군가에게 너무 특별해.
영원히 잊을 수 없는 사람이 되기도 하고
네가 사랑받기에 결국 이해 못 한대도 넌 아름답지.•

마지막 시간에 나무는 불면증 때문에 잠들지 못한

• 김사월 작사·작곡, 〈누군가에게〉 노래가사

새벽에 그 노래를 반복해서 들었다고, 오랜만에 외롭지 않은 밤을 보냈다고 말했다. 나무처럼 나도 사는 게 지겹고 인간이 지겹고 내가 너무 지겨울 때, 같은 노래를 반복해서 듣곤 했다.

마음의 응어리를 직면하거나 풀어내기 두려워 추상의 세계로 도망가는 누군가의 뒷모습을 볼 때면, 나는 입을 닫고 플레이 리스트를 뒤져 그의 등에 노래 한 곡을 건넨다.

간직하고 싶은 순간

내 핸드폰과 노트북, 아이패드의 배경화면이 똑같은 걸 발견하면, 사람들은 특별한 사진이냐고 묻는다. 그럼 나는 "음, 그냥 색감이 좋아서요"라고 답하곤 했다. 사진은 연보라와 연분홍이 뒤섞인 오묘한 빛깔로 채워져 있고, 오른쪽 귀퉁이에는 내 옆모습이 실루엣처럼 그늘져 있다.

스물일곱 살 여름에 나는 처음으로 노래를 만들었다. 나를 노래하는 사람으로 이끈 건 동료 가피였는데, 우리는 일주일에 다섯 번 집에 모여 기타 하나를 들고 띵까띵까 노래를 만들고 부르면서 시간을 보냈다. 가피가 코드 몇 개를 반복해서 들려주면, 내가 가사를 붙이며 멜로디를 흥얼거리는 식이었다. 당시 우리가 운영하던 카페는 매달 적자에 시달렸지만, 괴로운 마음보다 고마운 마음이 컸던 건 가피와 함께 노래를 만들던 그 순간처럼 틈틈이 주어진 작은 여유 때문이었다.

가피가 집으로 돌아가고 혼자 남은 저녁, 노을빛이 창문으로 들어와 거실 한쪽 벽을 가득 채웠다. 나는 홀린 듯 옷을 벗고 카메라를 든 뒤에 노을이 반사되는 벽과 벽에 비치는 내 그림자를 찍었다. 지금 내 곁에 있는 사랑의 시간을 남기고 싶어서. 불가능한 일일지라도 그 순간을 빛과 몸으로 영원히 간직하고 싶었다.

나의 노동수칙 4번

"너무 한 방향으로 강연이 치중되지 않도록 주의해주세요."

강연 섭외 메일에 쓰인 한 문장 앞에서 나는 한참 고민했다. 문득 다음 달 생활비가 떠올라서 마음이 흔들렸는데, '아니면 나도 됐다' 싶은 마음으로 답장을 보냈다.

"강연에 제 관점이 녹아있으니까 보기에 따라 치우치게 보일 수밖에 없겠죠. 저는 페미니즘, 아픈 몸과 장애, 가난과 차별에 대한 서사는 치우친 게 아니라 공통의 이슈라고 생각해요. 그 부분에 초점을 두고 준비하겠습니다."

다음 날, '어떤 말인지 이해되었어요. 고맙습니다.' 라고 적힌 답장을 받았다. 2년 전 한 중학교에서 '페미니즘은 편향적이니까 학생들에게 자극적이지 않게 전달해달라'는 요청을 받은 적이 있었다. 그때 나는 편향적이고 자극적인 기준이 뭔지 되묻지 못하고, 그저 알았다고 답하곤 살금살금 강연을 진행했다. 질문이 아닌 해명만을 요구하는 기자 앞에서 최선을 다해 해명한 적도 있었다. 이제 나는 알아서 후퇴하고 싶지 않다. 다만 끝까지 소통해보고 그래도 이야기를 담을 수 없다면 먼저 그 자리를 털고 일어설 것이다.

하루의 위안

오늘 할 일을 머릿속으로 정리한 뒤에 밤새 이불에 쌓인 먼지를 탁탁 털고 주위를 정돈하며 하루를 시작한다. 손님 없는 가게의 아르바이트생이 더 눈치 보는 것처럼, 몸은 늘어지는데 마음만 바쁜 날이면 나는 내 눈치를 보느라 일찍 지쳐버려 재빨리 머리를 비우기 위한 방법을 찾는다. 전에는 집 앞 하천을 걷거나 친구와 통화하거나 넷플릭스나 SNS를 구경하기도 했으나, 요즘은 날도 춥고 소통할 에너지도 없어 무언가를 보고 읽는 일도 피곤하게 느껴져서 일방적으로 들을 수 있는 팟캐스트를 찾는다. 요즘 즐겨 듣는 팟캐스트는 '영혼의 노숙자(영노자)'로, 맷 님과 이반지하 님이 나누는 수다를 듣다 보면 깔깔대고 웃느라 현생의 고민이 잠시 흐려진다.

즉각적으로 나를 웃게 하는 1순위는 함께 사는 하얀 털 뭉치들이다. 네 마리 반려견의 까만 눈, 코, 입을 관찰하고, 산책하러 나가서 똥 싸는 폼을 구경하거나 똥 상태를 점검하고, 작고 부드러운 몸에 귀를 대서 규칙적으로 뛰는 심장 소리를 들으면 '사는 거 뭐 별거 있나' 싶은 생각이 절로 든다. 부정적인 에너지가 도저히 떨치지 않을 때면 곁에 있는 사람에게 미리 준비한 대사를 들려달라고 부탁한다.

"괜찮아. 우리는 어차피 먼지일 뿐이야. 너는 먼지처럼 고요하게 살다가 사라질 거야. 그러니까 크게 염려하고 자책할 거 없어. 고민도 먼지처럼 작게 만들자."

꿈의 집

요즘 식구들과 나는 앞으로 누구와 함께 살 게 될지 상상하는 재미에 빠졌다. 송은 다정하지만 강단이 있어서 갈등이 생길 때 명확한 선을 제시할 것 같고, 따비는 얼핏 무심해 보이지만 섬세해서 적절한 눈치와 무던함으로 안정감을 줄 것 같고, 새싹은 기타를 잘 치니까 옆방에 살면 기타를 배우고 싶고...

처음으로 가족이나 연인이 아닌 관계와 동거한 건 스무 살 무렵이었다. 그때 나와 채린은 작은 원룸에서 서로 눈치 보고 배려하며 조심조심 공존했다. 지친 몸을 이끌고 집으로 돌아온 어느 밤, 채린은 침대에 널브러진 내 앞에 따뜻한 물이 담긴 대야를 내밀었다. '응...?' 머뭇거리는 사이 채린은 내 발을 대야로 풍당 넣었고, 한참 동안 내 발을 주무르며 물었다.

"언니, 오늘 많이 힘들었죠?"

채린의 다정한 목소리와 손길에 눈물이 뚝 떨어졌다.

가사 노동 분담이나 생활 습관의 차이에서 생기는 갈등도 있었지만, 채린과 나는 서로를 공격하지 않고 습관에 대해서만 정확하게 수정을 요청했기에 큰 다툼으로 번지지 않았다. 공존의 가능성을 알려준 채린과의 동거 이후, 나는 안정과 편안함이 무례와 무시로 연결되는 관계가 아닌 적당한 긴장감으로 서로의 발을 감싸주는 '함께 살기'를 꿈꾸게 되었다. 오늘도 마음속 식구들은 무한히 확장되고, 나는 그들과 뒤엉켜 사는 상상 속 마을을 한가롭게 산책한다.

우리 동네

집 앞 사거리 편의점에 갈 때마다 통유리를 통해 카운
터에 누가 있는지 확인한다. 중년의 편의점 사장은 사
생활을 꼬치꼬치 묻거나 갑자기 반말하거나 물건을 테
이블 위에 휙 던져버리기 때문에 그 사장이 카운터를
지키는 날에는 무례함이 나를 오염시키지 않도록 마음
의 준비를 해야 한다.

　동네에서 내가 즐겨 찾는 카페는 세 곳이었는데, 진
한 아메리카노와 잔잔한 재즈 음악, 큰 테이블과 곳곳
에 자리한 콘센트 덕분에 일하기에 적합했던 카페 한
곳은 작년 초에 문을 닫아 지금은 임대 딱지가 붙었고,
브런치 카페를 겸하는 곳은 사장이 바뀐 후부터 테이
블과 통유리에 먼지가 쌓이고 날파리가 잔뜩 꼬여서
안 찾게 됐다. 유일하게 남은 카페는 사촌 형과 동생이
운영하는데, 두 사람 모두 산타 할아버지처럼 동그랗
고 인자한 인상으로 품에 안듯 손님을 맞아주는 곳이
다. 형제 사장님이 운영하는 이 카페의 유일한 단점은
불안정한 와이파이. 나는 일할 때 와이파이 환경을 중
요하게 여기지만 아무래도 대체할 카페를 찾지 못해서
휴대폰 핫스팟을 켜놓고 일한다. 한번은 형 사장님이
나에게 혹시 타투를 어디에서 받았냐고 묻더니 자기는
장기 기증 표식을 가슴에 타투로 새기고 싶다고 말했

고, 나는 그곳이 더 좋아졌다.

　내가 사는 빌라 바로 앞에는 작은 언덕이 있고, 언덕에 자리한 4층짜리 회색 빌라 뒷마당에는 고양이 두 마리가 살고 있다. 하얀 바탕에 연갈색 무늬가 있는 오동통한 고양이 둘은 여름이면 자동차 밑이나 빌라 현관 그늘에 늘어져 있고, 겨울이 되면 언덕이나 자동차 위에서 볕을 쬐며 그루밍한다.

　이전에 살던 동네와 비교했을 때 이 동네에서 보기 어려운 풍경이 있다. 가령 춘천 동네 길거리에서 마주치던 나물 파는 할머니들, 오래된 의자에 앉아 하늘을 보던 노인들. 무거운 책가방을 멘 청소년의 모습이 그렇고, 포항의 작은 마을에 살 때 종종 마주쳤던 휠체어를 탄 이웃과 결혼 이주 여성의 모습이 그렇다. 주로 신혼부부나 청년층, 1인 가구가 거주하는 단정하게 기획된 이 동네를 떠올리다가 나는 내가 한동안 보지 못한 (그러나 지금도 그 자리에 있을) 오래된 모습들을 떠올렸다.

길에서 만난 (나의) 친구

어릴 적 살던 동네의 큰 사거리(주로 배스킨라빈스 사거리라고 불렸다) 귀퉁이에는 채소 파는 할머니 한 분이 있었다. 할머니는 비나 눈이 내리거나 너무 덥거나 추운 날이 아니면 일 년에 300일 이상 돗자리를 깔고 자리를 지켰다. 할머니의 돗자리에는 애호박, 청양고추, 고구마, 옥수수 같은 각종 채소가 빨강, 파랑, 초록 플라스틱 바구니에 담겨있었고, 계절마다 바구니 안에 담긴 채소는 조금씩 바뀌었다.

중학생이었던 나는 할머니의 노점상 바로 옆 건물에 있는 노래방에 가서 스트레스를 풀곤 했다. 일주일에 두 번씩 노래방 가는 길에 얼굴을 마주치게 되면서, 언제부턴가 나는 할머니에게 가볍게 눈인사를 건넸고 할머니도 내 눈을 보며 가벼운 인사를 건네주었다.

계절이 몇 번 지난 어느 하루, 큰 장바구니에 채소 꾸러미를 넣고 천천히 버스 정류장으로 향하는 할머니의 뒷모습을 보았다. 곧장 뛰어가서 할머니에게 장바구니를 들어드리겠다고 했고, 할머니와 나는 천천히 버스 정류장까지 걸으며 대화를 나눴다.

"할머니, 집에 가세요?"

"응. 아이고, 근데 고마워서 어떡해. 집이 근처야?"

"네! 저는 저기 앞에 현대 아파트에 살아요. 할머니

는 어디에 사세요?"

정류장에 도착해서도 할머니와 나는 긴 의자에 앉아 시시콜콜한 이야기를 나누었다. 그 뒤로 학교가 끝나고 집에 돌아가는 길에는 할머니의 작은 공간에 들러 돗자리에 걸터앉아서 지나가는 사람들의 걸음걸이를 풍경 삼아 시원한 비타민 음료를 함께 마시며 시간을 보냈다.

거리에서 만난 나의 친구 할머니는 지금도 배스킨라빈스 거리를 지키고 있을까? 그런 생각을 하면 마음이 포근하면서도 문득 쓸쓸해지는데, 다시 할머니를 만난다면 할머니는 어떻게 살아왔는지, 매일 채소를 지고 거리로 나오는 힘은 어디에서 비롯된 건지, 긴 질문을 비타민 음료와 함께 건네고 싶다.

위로의 말들

관계에 치여 자기혐오의 늪에 빠져있던 나에게 오랜
친구 '봄'은 "언니의 존재는 세상 어떤 도덕과 규율보
다 고유해요"라고 말해주었다. 나는 봄의 말을 첫 단
행본 《당신이 계속 불편하면 좋겠습니다》와 《당신이
글을 쓰면 좋겠습니다》에 나란히 넣었는데, 나를 감싸
주었던 봄의 말을 모두에게 나누고 싶었기 때문이다.

내가 나라는 이유로 사람들에게 비난받을 때, 대구
에 사는 동료 '여름'은 편지로 "아름다운 사람은 공격
받더라도 공격당하지 않는대요"라는 말을 전해주었다.
대구에서 집으로 돌아오는 길에 편지를 곱씹으며 구겨
진 마음을 활짝 폈다.

살면서 처음 꺼내는 이야기라며, 떨리는 목소리로
내게 오랜 상처를 얘기하던 독자 '가을'. 가을의 믿음
이 고마워서, 가을의 이야기가 아프고 화나서 함께 눈
물을 흘리던 그때 나는 타인의 슬픔과 어떻게 관계 맺
어야 하는지 고민을 시작했다. 살아가면서 가져야 할
꼭 필요한 고민이었다.

집필 동료 '겨울'과 나는 불편함의 주파수가 통한
다. 겨울과 함께하면 즐거운 뒷담화를 나누게 되는데,
우리는 뒷담화를 하면서도 서로의 예민함을 긍정하고
함께 성찰하는 방향으로 대화를 이어나갔기에 그 시간

이 나에겐 위로의 시간이기도 하다.

　　나는 위로를 먹으며 무럭무럭 자랐다. 뻔하고 서툴고 때로는 어긋난 위로를 주고받던 순간도 있었지만, 그 순간 상대와 내가 서로에게 기울였던 진심을 오늘은 진심으로 믿고 싶다.

코로나 블루

"작가님 내부 회의를 했는데, 아무래도 코로나가 확산하는 추세라 내일 강연은 취소해야 할 것 같아요. 잠잠해지면 꼭 다시 자리를 만들겠습니다."

오후에 도착한 메시지를 읽고, 내가 처음 코로나19를 체감했던 날이 떠올랐다.

"선생님, 아무래도 코로나 때문에 분위기가 심상치 않아서 북토크는 취소해야 할 것 같아요. 지금 대부분의 강연이 취소되는 상황이에요."

3년 동안 준비한 단행본을 출간하고 편집자님과 설레는 마음으로 계획한 북토크는 그렇게 취소되었다. 그 행사를 시작으로 더 바빠질 거라는 연초의 예상과 달리 얼마 안 가 2~3월 달력 속 모든 스케줄이 삭제되었다.

책값의 10%로 책정되는 인세는 지난 3년의 집필 노동 시간을 보장하기에 턱없이 부족했고, 그나마 희망이었던 강연마저 줄줄이 취소되면서 매달 나가는 보험료 7만 원마저 부담이 됐다. 아르바이트 앱을 통해 단기 아르바이트를 알아봤지만, 바이러스는 프리랜서뿐 아니라 자영업자도 덮쳐서 남은 자리는 집 옆에 새로 지어진 거대한 쿠팡 물류센터 배송 알바뿐이었다. 매일 알바 앱을 확인하며 각종 SNS를 검색해 책 리뷰를 살피고 멍하니 유튜브를 보며 시간을 보냈다.

얼마 뒤 뉴스에서는 코로나로 온라인 거래가 늘면서 열악한 환경에서 일하던 택배 노동자들의 연이은 자살 소식이 떴다. 문득 코로나 이전에 우리는 모두 괜찮았었는지, 정말 그랬는지 나는 자신있게 말할 수 없었다.

나를 만든 믿음

아침 9시, 모르는 번호로 전화가 왔다.

"홍승은 작가님이신가요? 저는 환희 아버지입니다."

2020년 11월 23일에 세상을 떠난 환희 선생님은 나의 오랜 친구이자 다정한 편집자, 서로 집에 초대해 음식을 대접하던 이웃 주민, 같은 녹색당원으로 이런 저런 세상 문제를 걱정하고 작은 실천을 함께 도모하는 동료였다. 이제는 곁에 없는 '환희'라는 이름을 듣자마자 나는 울먹이고 있었다.

"갑자기 전화를 드린 이유는요, 제가 환희가 죽기 전에 한 달을 함께 지냈잖아요. 환희한테 고마운 사람이 누구냐고 물으면 홍승은 작가님을 꼭 언급하더라고요. 그래서 제가 그분은 어떤 사람이냐고 물으면 환희가 그랬어요. 지금도 멋있지만 앞으로가 더 기대되는 사람이라고요."

전화를 끊기 전 아버님은 한 마디를 덧붙였다.

"우리 환희랑 서로를 응원하는 좋은 인연이 되어줘서 고마워요. 살면서 그런 인연으로 만나기가 얼마나 어려운가요. 고맙습니다. 앞으로도 환희 꼭 기억해주세요."

아버님은 말을 흐리며 전화를 끊었고, 나는 끊어진 전화기 앞에서 엉엉 울었다. 미움, 상처, 분노. 나에겐 익숙한 감정들이 나를 성장시켰다고 믿었던 때가 있었다. 하지만 세상을 정확하고 끈질기게 미워할 수 있으려면 서로 믿고 지지할 관계가 필요하고, 환희 선생님은 내 미움과 상처와 분노가 나아갈 방향을 믿어주는 사람이었다. 한바탕 슬픔이 지나간 그날 그리움과 슬픔이 뒤섞인 기분 좋은 꿈을 꾸었고, 꿈속에서 나는 오랜만에 나를 믿을 수 있었다.

하고 싶은 이유

베이지색 모닝을 할부로 산 지 벌써 2년, '초보운전' 스티커를 붙이면 다른 차들이 더 위협한다는 얘기를 들어 스티커를 붙이지 않았지만, 운전할 때마다 가슴에는 초보운전 딱지가 붙는다. 운전 실력이 늘지 않는 이유(핑계) 하나, 매일 의무적으로 운전해야 할 목적지가 없다. 둘, 장거리 지방 강연을 갈 때면 반려인의 차를 얻어 탔기에 내 자리는 조수석이었다. 셋, 코로나가 퍼진 2020년은 더욱 운전해서 나갈 일이 없었다. 게다가 자유로나 터널처럼 뻥 뚫리거나 밀폐된 공간에 있으면 숨이 가빠지는데, 그럴 때마다 아직은 공황장애가 다 낫지 않았다는 의심을 확신으로 여기기도 했다.

몇 달째 집 앞 주차장에 우두커니 서 있느라 먼지 쌓여 까맣게 변하는 모닝을 보면서 중고로 팔아야 하나 진지하게 고민했다.

"언니, 나는 언니가 운전대 잡을 가능성을 아예 없애진 않으면 좋겠어."

동생의 만류에 마음을 고쳐먹고 오랫동안 방치한 모닝을 손 세차하러 간 날, 트렁크를 열자 그간 내 무관심을 보여주듯 커다란 거미줄과 거미 두 마리가 떡 하니 자리 잡고 있었다.

그리고 지금 나는 모닝 운전석에 앉아 김사월의 노

래를 들으며 글을 쓰고 있다. 반려인 우주가 통원치료를 받는 동안 나를 전속 기사로 임명해서 요즘 나는 집에서 25분 거리의 일산 차병원으로 출퇴근한다. 팔에 붕대를 감은 채 꿰맨 입술로 종알종알 노래 부르며 편안하게 조수석에 앉아있는 우주를 보면, 두렵기만 했던 운전이 소중한 이를 돌보는 중요한 사랑 방식으로 느껴진다.

마음이 시끄러운 날 혼자 조용히 시간을 보낼 수 있는 공간, 원할 때 어디든 갈 수 있다는 믿음, 그 가능성만으로도 든든해지는 일상을 떠올리며 '운전 못하는 이유'가 아닌 '하고 싶은 이유'를 늘려나간다.

누렁이의 밤

누렁이는 어떤 밤을 보내고 있을까. 인적 드문 도로가에 있는 카페에서 일하다가 나오는 길, 커다란 개 한 마리가 꼬리를 살랑살랑 흔들며 다가왔다. 황토색 털에 진돗개와 비슷한 생김새, 몸 길이가 1미터 넘어 보이는 개는 아무런 돌봄도 받지 못한 것처럼 얼굴과 몸통에 붉은 두드러기가 있었고, 앙상했으며, 목에는 낡은 빨간 목줄과 얇은 쇠사슬이 달려있었다.

"버려진 개인가?

"근데 목줄이 있는데... 보호자 찾아볼까?"

"개가 이 상태인데 보호자를 찾는 게 맞을까? 유기된 지 오래된 상태라면 몰라도."

보호소에 보낸다면 안락사될 게 뻔하고, 그대로 두고 가자니 차가 쌩쌩 달리는 도로 주위를 배회하는 누렁이가 걱정돼서 우주와 나는 우선 보호자를 찾아보기로 했다.

카페 옆 삼계탕집 주인은 "우리 개는 마당에만 묶어 놓고 키워요. 저 개는 몰라요."라고 단호하게 말했고, 식당에서 나오는 길에 마당 구석에 묶여있는 누렁이 닮은 개를 보았다. 언덕에 있는 한식집 주차장 관리인은 누렁이가 주차장 쪽으로 가자 누렁이 쪽으로 돌멩이를 던지며 "개 우리랑 상관없는 개니까 얼른 데리고 가요! 휘이 휘이!"라며 소리를 질렀고, 우주와 나는 마당 구석에 묶여있던 개를 볼 때와 같은 심정으로 황급히 누렁이를 데리고 언덕길을 내려갔다. 그때 한 아저씨가 다가오더니 "아, 이 개새끼 또 풀려져 있네. 저기 옆에 도자기 집 개예요. 그 인간들 개새끼 똥 싸게 한다고 이렇게 막 풀어놔."라며 목줄을 낚아챘는데, 누렁이가 꼬리를 흔들며 주변 냄새를 맡으려고 할 때마다 누렁이 발이 땅에서 떨어질 정도로 강하게 목줄을 올려 잡으면서 윽박질렀고, 보다 못한 우주가 달려가서 따지니까 목줄을 바닥에 패대기쳤다.

앞장선 누렁이를 따라 도자기 가게 뒤편으로 가자 그늘진 마당 구석에 누렁이 집으로 보이는 나무판자와 녹슨 냄비 두 개가 보였는데, 냄비 속에는 벌레와 흙과 나뭇잎이 섞인 오염된 물과 음식물 찌꺼기가 가득했다. 잠시 후 얼굴을 내민 보호자에게 누렁이가 얼마나 위험한 상황이었는지 자초지종을 호소했지만, 보호자는 별다른 말없이 누렁이의 목줄을 말뚝에 연결하면서 얼른 가라고 했다. 나는 오염된 물도 갈아주지 못하고 주춤주춤 어두운 마당을 빠져나왔다.

누렁이의 세계를 잠시 엿본 그날을 떠올릴 때마다 이 세계의 그늘이 선명해지고, 자신에게 불친절한 인간에게 하염없이 친절한 누렁이의 무해한 얼굴이 마음에 걸려서, 안부를 묻는 일조차 죄처럼 느껴진다.

내가 좋아하는 이상한 사람

'아나'는 길가에 묶인 채 방치된 개를 보면 발이 땅에 붙는다. 개의 몸을 살펴보다가 평소 가방에 챙겨 다니는 사료와 물을 나눠주고, 보호자를 찾아내 개의 상태를 묻는다. 그때를 가리켜 아나는 '그렇게 할 수밖에 없는 순간'이라고 말한다.

아나의 집에는 고양이 두 마리와 싱그러운 허브밭이 있다. 식물마저 잘 돌보는 아나는 우연히 집에 들인 작은 허브가 무럭무럭 자라서 몇 년 사이에 베란다를 넘어 거실까지 채울 정도라 걱정이라고 했다. 아나의 집에 놀러 갔던 날, 그녀는 버리지 않고 보관하던 일회용 종이컵 아래에 구멍을 뚫고 흙을 담아 허브 네 줄기를 꽂아서 나에게 건네주었다. 친구에게 선물 받은 선인장마저 말라 죽게 만든 나는 아나를 닮고 싶어서 꼬박꼬박 허브를 챙겼으나 얼마 안 가 잎이 다 떨어져 결국 종량제 봉투에 버리게 되었다.

대기 오염에 일조하고 싶지 않다며 쭉 대중교통을 이용하던 아나는 함께 사는 나이 든 반려묘가 아플 때 제때 병원에 가지 못하는 상황에 지쳐서 결국 작은 중고차를 마련했다. 반려묘가 아프던 지난여름 내내 아나는 그 차를 몰고 병원에 다니며 아이가 세상을 뜰 때까지 평소의 모습 그대로 최선의 사랑을 나눴다. '죽을 때가 되면 사람이 바뀐다', '끝이 보이면 자세를 고쳐 앉는다'는 말을 가뿐하게 무시하며 매 순간 최선의 태도로 등을 구부리고 사는 아나가 누구보다 이상하고 멋있다. 아나가 살아내고 있는 그곳에 발 담그고 싶어서, 나는 작은 생명에게 포옹하듯 눈길을 여는 연습을 한다.

지난 새해의 나에게

새로운 일을 앞두면 최악의 상황을 먼저 상상하는 너는 아마 책 출간을 앞두고 긴장하고 있겠지. 주위에서 그만 자책하라고 아무리 말해도 너는 듣지 않겠지만, 적어도 너를 믿는 사람들을 바보로 만들지 않을 만큼만 그림자를 응시하길 바라. 불안할 때마다 너의 책에 깃든 얼굴들(함께 글을 다듬고, 글을 엮어 책으로 만들고, 유통하고 판매하는 이들)을 구체적으로 떠올리면 좋겠어.

참, 책이 나오면 홍보하기 위해 이곳저곳 말할 자리가 많이 생기는 건 알지? 출간하기도 전에 출간 이후를 상상하며 사라지고 싶은 충동에 시달리는 것도 잘 알아. 마이크를 들고 네가 말을 더듬거나 멍청한 표정을 짓는다고 해도, 네 앞에 있을 이들은 이미 너의 이야기를 사랑해서 모였다는 걸 믿어줘. 그 자리에서 너는 부정을 불신하고 자신을 믿는 법을 조금씩 배울 테니까 초대받은 자리를 겁먹고 피하지 마.

운동을 포기하고 싶지 않다면 매주 체중을 재거나 인바디에 집착하는 짓은 그만두고, 땀에 젖은 운동복을 입은 채로 몇 시간 동안 산책을 즐겨선 안 돼. 올해에도 너는 가족 문제로 숨 막힐 때가 많겠지만, 네가 채우지 못하는 구멍을 인정하고 포기하는 법을 배우는 과정이라고 생각하는 게 그나마 도움이 될 거야.

무엇보다 너와 네 곁의 모든 존재가 유한하다는 걸 기억하면서 걱정하는 마음, 보고 싶은 마음, 고마운 마음을 넘치게 표현해. 이별 후 후회나 죄책감이 끼어들지 못하도록, 최선을 다해 사랑했던 기억에 기댈 수 있게, 투명한 슬픔을 위해 혼잣말은 줄여줘.

그래도 우리 사라지지 말자 •

저는 계절마다 한 번씩 유튜브 '채널 김철수'에서 〈사랑이란 뭘까요?〉 영상을 찾아봐요. 10분 13초짜리 영상에는 다양한 국적, 연령, 성별, 성적 지향을 가진 사람들이 '사랑이 뭘까'라는 질문에 답하는 모습이 담겨있어요. 웃느라 올라가는 광대, 고민하면서 흔들리는 눈동자, 토끼 같은 앞니, 깜빡이는 눈꺼풀, 취향이 녹은 헤어스타일. 화면 속 얼굴의 디테일에 집중하다 보면 저는 꼭 영상을 두 번 돌려 보게 돼요. 한 번은 얼굴을 보고, 한 번은 목소리와 메시지를 들어요.

　"사랑은… 사람이 사람을 좋아하는 것?"이라고 답한 다음 재빨리 "아, 너무 인간 중심적이다"라고 말하는 사람이 있고, "사랑은 이렇게 못생긴 사람도 귀엽게 보이는 것입니다"라며 옆 사람의 얼굴을 손바닥으로 꼭 감싸는 사람도 있어요. "사람들과 친하게… 어, 마음을 나누는… 느낌"이라고 말하는 아이도 있고, "서로를 위하는 마음"이라고 답하는 중년도 있어요.

　영상이 끝나고 핸드폰 화면이 검은색으로 덮이면, 화면에 제 얼굴이 비쳐요. 그때마다 기분이 조금 이상

• 여성환경연대의 레터링 서비스 '우리, 사라지지 말자'에서 따온 말임.

해져요. 나도 여러 얼굴 중 하나가 되어 질문에 답변하는 것만 같아서요. 평소엔 잘 하지 않는 질문을 곱씹게 돼요. 만약 나라면 어떻게 대답했을까? 사랑이란 뭘까.

우울증과 공황장애를 안고 살아가는 저는 자주 불안감과 무기력에 빠져요. 약을 먹은 지 4년이 되어가지만, 나를 의심하고 부정하는 마음은 수시로 밀려와요. 단어 하나, 말 한마디도 쓰고 뱉기 두려운 날에는 혼자 있어도 숨고 싶은 기분이에요. 저는 집필 노동을 하는데, 온종일 한 글자도 쓰지 못하는 날이 더 많아요. 그런 날이면 유튜브 알고리즘을 따라가며 시간을 보내요. 멍한 눈빛으로 담배 한 대를 입에 물고 창밖으로 해가 지는 모습을 지켜봐요. '아, 오늘 하루도 이렇게 가는구나.'

버지니아 울프는 《런던 거리 헤매기》에서 여성의 노동에 대한 고민을 기록했어요. 울프는 글 쓰는 여성으로 살아가면서 자기가 겪는 어려움은 물질적인 부분 이전에 보이지 않는 '유령과 바위'에 맞서 '진실'을 쓰는 일이었다고 말해요. 글을 쓸 때 자꾸 나를 의심하게 만드는 생각이 있지요. 이건 너무 사소한 이야기야. 이런 게 글이 될까. 형편없어. 위 문장에서 '글'을 '삶'으로 바꿔도 익숙해요. 나는 너무 사소한 존재야. 내 존재가 '쓸모' 있을까. 나는 형편없어. 여성과 소수자가 자신을 부정하고 의심하게 만드는 유령과 바위는 곳곳에 있어요. 가끔은 그 유령이 내 모습을 하고 말을 걸기도 하죠.

이 글을 쓰고 있지 않았다면, 아마 저는 비슷한 상태로 하루를 보내고 있을지 모르겠어요. 그늘을 응시하면서 자책하고 있었겠지요. 그런데 글을 쓰는 지금은 평소와 다른 모드로 노트북 앞에 앉아 있어요. 제 편지를 받을 당신의 얼굴을 상상하느라 제 글이 부족한지 검열할 여유가 없어졌기 때문이에요. '우리 사라지지 말자'라는 간절한 메시지를 전달하기 위해서는 수신자를 구체적으로 생각하게 되니까요. 이 편지를 읽을 당신을 괴롭히는 일은 무엇일까? 힘들 때면 나처럼 자극적인 영상으로 도망칠까? 멍하니 창밖을 볼까? 웃을 땐 어떤 표정을 지을까? 오늘 하루는 어땠을까? 이런저런 질문을 하는 동안 제 안의 유령과 바위가 잠시 사라졌어요. 버지니아 울프도 글을 쓰면서 비슷한 경험을 했기에 여성에게 '어떤 식으로든 자기 자신의 진실을 쓰라'고 말했던 걸까요?

저는 유령에 맞서는 법은 모르겠어요. 아마 앞으로도 모를 가능성이 클 거예요. 다만 지금처럼 글을 쓸 수는 있겠죠. 당신이 부족하기 때문에 힘든 게 아니라는 말, 당신 잘못이 아니라는 말, 당신의 이야기가 궁금하다는 말, 그러니 사라지지 말고 당신의 목소리를 들려달라는 말, 사랑이 뭔지 질문하기 위해 우리가 계속 서로의 얼굴을 봐야 한다는 말을 전달할 수는 있을 거예요.

　김철수 님은 일 년 동안 〈사랑이란 뭘까요?〉를 만들었다고 해요. 10분 남짓한 영상을 만들기 위해 그가 긴 시간 카메라를 들고 다니며 인터뷰하고, 영상을 편집하고, 자막을 넣었을 모습을 상상해요. 사랑이 뭘까 질문하는 한 사람과 그 질문에 답하려고 애쓰는 여러 얼굴을 떠올리면 저는 살고 싶어져요. 그때서야 용기가 생겨요. 별로인 세상이지만, 그래도 우리 사라지지 말자고 말할 용기가요. 문득 우리가 글을 주고받는 지금이 '사랑이 뭘까'에 대한 대답이 될 수도 있겠다고 생각했어요.

대답이 돌아오는 세계

이 내

어디서나 막 도착한 사람의 얼굴로 두리번거리며 걷는다.
걸으며 생각한 것들을 일기나 편지에 담아 노래를 지어 부른다.
작가나 가수보다는 생활가나 애호가를 꿈꾼다.

누구나 평등하게 두렵고 외로운

책장 여기저기에서 글쓰기 관련 책을 꺼내 먼지를 털고 뒤적여 보았다. 막상 읽기 시작하자 '오! 맞아, 맞아. 이렇게 하면 되지.' 하면서 문장을 슥슥 써 내려가는 멋진 내 모습이 그려졌다. 그런데 책을 덮었더니 이게 어찌 된 일인지 속이 갑갑해져서는 문서 위의 커서처럼 눈만 껌뻑거리게 된다. 어깨가 축 늘어져 힌트를 찾아보기로 했다. 다른 사람의 글을 읽다 보면 '너 말고 다른 사람들은 뭐든지 척척 잘하고 있지?' 하는 목소리가 들리는 것 같다. 그럴 땐 재빨리 그 생각을 털어내기 위해 간단한 스트레칭을 하거나 심호흡을 크게 몇 번 한 후, 다시 마음을 잡고 글을 써 내려가기 시작해야 한다. 처음에는 마음에 들지 않고 앞뒤가 맞지 않고 이리저리 튀고 난리가 난 것 같지만, 판단은 일단 내려놓고 계속 써 내려가야 한다. 시간이 흐르고 쓰는 흐름과 리듬에 몸이 맞춰지면 두려움과 의심과 비교의 목소리는 살짝 줄어들고, 내 마음속에서 건져낸 '이야기'에 집중하는 순간을 느낄 수 있다. (그 '순간'이 그리 길지는 않을 수도 있다.)

누구나 글쓰기 앞에서는 평등하게 두렵고 의심 많고 외로운 법이다. 가벼운 마음으로 (뭐라도 좋으니) 써 내려가 보자.

글은 바람처럼 온다

아주 오래전 일터에서 동료들이 나를 부르는 이름은 '바람'이었다. 사람들이 나를 '바라-암!' 하고 부르면 정말로 내 몸이 가벼워지는 듯, 어디로든 거침없이 흐를 수 있을 듯 상쾌해지는 기분이었다.

그보다 몇 해 전 졸업 선물로 《기적의 사명선언문》이라는 책을 받았는데, 그 속에는 자신을 정의할 만한 자연물을 골라보는 내용이 있었다. 나는 나무도 돌도 하늘도 바다도 아닌 '바람'을 골랐고, 빨래를 말리는, 꽃을 수분시키는, 뺨을 간지럽히는, 계절의 소식을 알리는, 나무를 흔드는... 이런 수식어들을 꾹꾹 눌러쓰며 신이 났다. 책을 계속 따라가다 보면 자신이 가장 중요하게 여기는 '가치'를 고르고, 목적이 되는 '대상'을 고르고, 3가지 '동사'를 골라 사명선언문을 만들 수 있다. 바람이 되고 싶었던 스물넷의 나는 '정의'를 '다음 세대'에게 '여행하고', '깨닫고', '표현한다'는 단어들을 제법 신중하게 골랐다.

시간이 바람처럼 지나가는 동안 사명선언문같이 거창한 단어는 까맣게 잊었고, 가치와 대상은 아직도 잘 모르겠지만, 여행하고 깨닫고 표현하며 살고 싶다는 마음만은 변함이 없다. 오늘도 나는 이 도시에 막 도착한 사람처럼 두리번거리며, 꼬부랑 할머니가 자리를 지키는 조그만 국밥집, 할아버지가 정갈하게 정돈한 철물점을 발견했고, 그들이 조금이라도 더 오래 그곳에 있어 주기를 바라며 걷고 또 걸었다. 바람에 실려 코끝으로 날아온 향기를 좇아 고개를 돌렸더니 아카시아꽃이 피어있었다. 글이 바람처럼 왔다가 바람처럼 가는 것이라면, 내 글에도 향기가 실려 있었으면 좋겠다고 생각했다.

좁고 긴 길 위를 걷다 보면

새해를 열며 운동 삼아 매일 만 보 이상을 걷기로 목표를 정했다. 집이 산꼭대기에 있어서 외출하려면 일단 산 아래로 내려가는 버스를 타야 하는데, 그 구간을 한 번 걸어보았더니 왕복으로 팔천 걸음쯤 되었다. 조금씩 더 돌아가는 길을 찾아서 걸으면 쉽게 만 보를 채울 수 있다. 새로운 길을 찾아내는 재미 때문인지 지금까지는 매일 만 보를 잘 채우고 있다. 목표를 달성하는 것보다 더 좋은 게 바삐 갔으면 보지 못했을 여러 가지를 발견하는 기쁨이다. 주인의 성격을 상상해볼 수 있는 다정한 화단을 만나거나, 멋스러운 오래된 간판을 달고 있는 가게를 발견하면 신이 난다. 괜히 들어가 초코칩 쿠키를 하나 사고 통통 튀어 다니는 노란 아기 고양이와 인사를 했더니 주인아주머니는 흥미진진한 동네 고양이 구출 작전 이야기를 들려준다.

좁고 긴 길 위를 걷다 보면 다양한 사람들의 작은 이야기가 그곳에 흐르고 있는 것 같다. 셀 수 없는 그 길의 수보다 셀 수 없이 많은 사람의 삶이 그곳에 있을 것이다. 때로는 발견하기도, 만나기도, 관찰하기도, 엿듣기도 하면서 길을 걷는다. 매일 작은 길의 풍경을 통과하며 살아간다.

변하는 것들 사이로

새로운 습관이 생겼는데, 그건 아침에 일어나 창밖을 내다보는 것이다. 일부러 창문을 열어보지 않으면 바깥에서 일어나는 변화를 전혀 알 수가 없다. '그동안 정말 무심하게 살아왔구나' 하면서 눈을 비비고 코를 킁킁대 본다. 실은 창을 열면 좁은 골목 건너편에 있는 앞집이 보여서 마음껏 창문을 활짝 열지 못했다. 낯선 타인은 일단 의심하고, 사적인 영역은 최대한 숨기는 게 도시 생활의 기본이니까.

어느 날 무심코 창문을 열고 몸을 조금 구부려 위쪽을 보았는데, 집들 사이로 손바닥만 한 하늘이 모자이크처럼 보였다. 창문을 열고 보니 빛도, 바람도, 온도도, 습도도 매일 조금씩 달라지고 있었다. 내 상태만 매일 들쑥날쑥한 줄 알았는데 큰 오해였다. 창문을 열고, 마음을 열고, 변하는 것들을 가만히, 가만히 바라본다. 숨을 크게 들이쉬었다가 내쉬며 하루를 시작해야지.

봄의 얼굴

길을 걷다가 뭔가 할 말이 있는 듯한 표정의 할머니 한 분과 눈이 마주쳤다. 고개를 옆으로 '까딱' 하는 것이 자신이 가리키는 곳을 보라는 뜻 같아서 별생각 없이 그쪽을 보았는데 "와아!" 하는 작은 탄성이 흘러나왔다. 새하얀 매화가 몽실몽실 피어있었기 때문이다. 알고 보니 할머니는 내가 아니라 내 뒤에 오는 다른 할머니에게 꽃을 보여주려는 것이었는데, 착각하는 바람에 올해 첫봄을 보게 되었다. 갑자기 핀 꽃을 발견한 할머니들의 얼굴에는 기쁨과 슬픔이 잘 섞인 수채화 물감 같은 표정이 있다.

봄을 맞이하는 횟수가 늘어가면서 언제부터인가 나도 자꾸만 기다리게 된다. 팝콘 같은 매화로 시작해서 무심코 툭 떨어지는 목련 꽃잎 더미를 지나 폭죽 같은 벚꽃으로 이어질 봄꽃의 향연. '대책 없이 아름답기만 한 꽃이 싫다' 하고 함부로 말하는 젊은이였던 적이 있다. 지금은 이토록 짧은 젊음을 탄식하며 꽃을 좋아하기 시작했다. 다시 찾아오는 봄을 맞이하고 보내기를 반복하면서, 모르는 사이에 내 얼굴에도 기쁨과 슬픔이 잘 섞이는 중이기를.

필요한 건 우정과 감사

엄마가 나에게 전화를 걸어 다짜고짜 말했다.

"인심아!"

"나 인심이 아니고 인혜거든!"

"아이고, 내가 인심이 말고 니한테 전화를 걸었노..."

엄마는 어릴 적부터 친한 친구의 이름을 따라 첫 딸 이름을 짓고 싶었지만, 언뜻 시대에 안 맞나 싶은 생각이 들어 어질 '인(仁)' 자는 그대로 두고 마음 '심(心)' 변을 남긴 슬기로운 '혜(慧)'로 바꿨다고 한다. 엄마가 출생신고 직전에 마음을 바꾸지 않았다면 나의 이름은 무척 레트로해질 뻔했다.

시집온 이후 고향을 떠나 30년 넘게 도시에서 살던 엄마는 몇 년 전 어려운 상황에 떠밀려 고향으로 삶의 터전을 옮기게 되었다. 어떤 상황에서도 '감사' 목록을 찾아내는 게 특기인 우리 엄마는 오랫동안 멀리 떨어져 살던 친구를 자주 볼 수 있는 게 너무 좋다고 한다. 말과 마음이 통하는 친구가 가까이에 살아 언제든 만날 수 있는 게 얼마나 큰 축복인지 이제는 나도 잘 알고 있다.

작년에 엄마의 친구는 갑작스럽게 소중한 가족을 먼저 떠나보내는 아픔을 겪게 되었고, 엄마는 자기가 친구 곁에 말없이 함께 해줄 수 있어서 감사하다고 했다. 새로운 만남보다 소중한 사람과의 이별이 잦은 세월을 아직은 가늠해볼 수가 없다. 다만 그 길에서 필요한 건 우정과 감사가 아닐까, 앞서 걷는 엄마를 통해 짐작해본다.

언제나 산책

우리 동네 반장 아저씨는 반려견 한 마리와 반려묘 두 마리의 산책 일과를 하루 두 번씩 매우 규칙적으로 지킨다. 산책을 나올 때마다 집 앞 골목 이쪽 끝과 저쪽 끝에 직접 만든 길고양이 급식소의 밥과 물도 챙기는데, 다른 생명을 돌보는 부지런한 루틴 덕에 반장 아저씨는 거의 매일 내 산책의 장면이 되고 있다. 보통은 느릿느릿 담배를 물고 강아지, 고양이들과 천천히 앞서거니 뒤서거니 하며 걷는데 보기만 해도 마음 놓이는 평화로운 풍경이다.

오늘 아저씨는 매일 찾아오는 노란색 길고양이를 위해 쪼그리고 앉아 사료를 먹기 좋은 상태로 잘게 부수고 세심하게 습식 사료와 섞었다. 통통하던 녀석이 며칠 안 보이는 사이에 많이 야위었다며 아무래도 이빨에 문제가 생긴 것 같다고 목소리에 걱정이 한가득하다. 평소 사람을 극도로 피하는 조심스러운 고양이인데 아저씨에게는 편안한 눈빛을 보내며 야옹야옹 다정한 소리를 내었다. 생명이 있는 존재라면 몸 상태의 작은 변화까지 알아차리는 관심과 사랑을 제대로 알아볼 수 있구나 싶어 기분 좋게 하루를 시작했다.

(그래서인지?) 며칠 전 엄마와 걷다 세로로 길고 깊게 팬 무늬의 나무둥치를 보고 '아카시아 나무다!' 하고

달려갔다가 잎이 전혀 다른 모양이라 미궁에 빠졌던 나무의 정체를 알게 되는 행운이 찾아왔다. 언젠가 알게 되길 기대하며 신중하게 무늬를 외워두었더니, 오늘 무심코 걷다가 '졸참나무'라는 이름표를 달고 있는 나무에서 그 무늬를 정말로 다시 만나게 되었다! (겉으로 티를 내지는 않았지만 속으로 반가움의 함성.)

왜 산책을 좋아하냐고 묻는다면, 길을 헤매고 별 쓸데없는 질문을 품고 함께 답을 궁리하는 느린 걸음 속에서 생명은 쉬지 않고 변화를 보여주고, 언젠가 대답이 열매처럼 툭 떨어지기도 하니까.

귀를 여는 연습

귀를 쫑긋 세우고 걷다 보니 도시에서도 새소리를 끊임없이 들을 수 있다는 걸 알게 되었다. 도시에 사는 새들은 무엇을 먹고살까 궁금해하자마자 길가에 누군가 놓고 간 게 분명한 쌀 한 줌에 동그랗게 모여서 식사 중인 비둘기들이 보인다. 내가 눈치채지 못하는 시간 속 어떤 이들은 거리의 고양이, 비둘기, 참새와 먹을 것을 나누며 살아가고 있었나 보다. 새들이 가장 큰 목소리를 내는 시간은 해 뜨기 직전의 새벽녘, 가끔 밤을 새울 때 새들의 목청으로 동이 트고 있다는 걸 가늠하곤 한다.

누군가 "아침에 가장 먼저 우는 새가 '노래하는 새'라는 거 알고 있나요?"라고 말하는 게 너무 멋있어서 반한 적이 있다. 새의 울음소리를 구분하고 기억할 수 있다는 건 언어 이전의 어떤 감각이 살아있다는 뜻일 텐데 안타깝게도 이번 생의 나에게는 없는 능력이다. 오늘 귀에 집중해서 걷다 보니 (귀에 들리는 건 없고) 이래저래 잃어버린 줄도 모르지만 잃어버린 감각이 엄청나게 많을 것 같다는 생각만 들었다. 이제껏 감각보다는 생각만 잔뜩 키운 사람으로 살아왔구나, 하고 (또) 생각했다.

《아무튼, 딱따구리》라는 책을 읽고 나서 딱따구리

소리가 너무 궁금해져서 산에 갈 때마다 두리번거리는 데 아직 한 번도 들어 본 적이 없다. 언젠가 딱따구리 소리를 듣게 되었을 때 놓치지 않도록 귀를 활짝 여는 연습을 계속하기로 한다.

왼손 손가락 끝의 감각

거의 모든 감각에 무딘 편이라 촉각도 예외가 아니지만, 왼손 손가락 끝의 감각이 독특해서 무의식적으로 자주 만지작거린다. 양손 손가락 끝을 동시에 손톱으로 눌러보면 오른손, 왼손의 감각이 뇌에 도착하는 속도가 다른 느낌이라 기묘하고 재밌다. 이제껏 살면서 스스로에게 준 최초의 훈장이라 부를만한 게 있다면 그것은 내 왼손 손가락 끝에 티나지 않게 배인 굳은살이다.

가장 부끄럽고 가장 외롭고 가장 막막하던 서른 살 즈음에 옆방 친구로부터 검정 기타 한 대를 사게 되었다. 유튜브를 보며 하나하나 줄을 튕기는 단순한 반복으로 시간을 겨우겨우 흘려보냈다. 쇠로 된 줄을 누르는 왼손 손가락이 아프면 아플수록 내가 처한 상황의 고통이 잊히는 것 같았다. 기타를 치지 않을 때도 손끝에 통증이 남아있고, 살이 찢어져 피가 흘러도 오히려 통쾌하게 느껴졌다.

제법 두툼한 굳은살이 배이고 더 이상 아프지 않기까지는 꽤 긴 시간이 걸렸고, 그사이에 내가 처한 상황과 휘몰아치던 감정은 바닥까지 내려갔다가 천천히, 아주 천천히 나아졌다. 10년이 흐른 지금은 굳은살이 손가락의 일부가 되어버렸는지 눈으로는 구분이 되지 않는다. 다만 이제는 혼자만 아는 감촉으로 남아서 작은 용기가 필요할 때마다 처음으로 고통을 피하지 않은 경험, 반복을 몸에 익힌 경험, 새로운 길이 열린 경험을 상기시켜준다.

이토록 아름다운 냄새

냄새에 대한 첫 기억은 어릴 때 맡았던 치자꽃 향기였는데, 세상에 이토록 아름다운 냄새가 있다는 걸 처음으로 느꼈던 순간이었다. 치자 향기를 제외하고 지금도 맡으면 뒤를 돌아보게 하는 냄새는 뉴트로나 바디오일 냄새, 오래 사랑했던 사람의 체취에 적절하게 섞여있던 향이었다. 나를 사랑에 빠지게 하는 감각 중 2위는 냄새가 아닐까 생각해보았다. (1위는 끝없이 들을 수 있고, 듣고 있으면 웃음을 멈출 수 없는 그 사람만의 이야기다.)

강렬한 향은 아니지만, 전혀 다른 세계에 와 있다는 설렘을 주는 이국의 공사 현장과 부엌 냄새도 좋아한다. 스무 살 때 처음으로 가 본 외국이 이집트를 경유한 이스라엘 키부츠였는데, 생활의 재료가 달라지면 다른 냄새가 난다는 어찌 보면 너무나 당연한 사실이 가장 신기했었다. 그 첫 기억 때문인지 나에게 낯선 세계가 주는 설렘은 언제나 냄새로 찾아오는 것 같다. 가장 싫어하는 건 면세점 향수 냄새인데, 그중에서도 큰 배 안에 있는 면세점 냄새를 맡으면 뱃멀미가 더해져 꼭 구토를 하기 때문에 가까이 가지 않는 걸 원칙으로 한다. 온종일 '냄새'라는 생각의 공을 주머니에 넣고 만지작거리며 코를 킁킁거렸지만 특별한 걸 찾지 못했다.

저녁에 친구와 동네 산책 후 맥줏집에 가서 냄새에 관한 수다를 떨게 되었는데 대부분 지나간 연애 이야기가 되었다(재밌네). 어제는 기억 속의 '맛'만 떠오르더니 오늘은 기억을 소환하는 '냄새'만 떠올리고 있으니, 살아갈 날보다 살아온 날이 더 길어진 사람이 되었구나 싶어 조금 쓸쓸해졌다.

가난을 말할 때 이야기하는 것

계절 중 겨울을 가장 좋아한다고 말하자, 친구는 내가 가난을 모르기 때문이라고 했다. 마쓰모토 하지메의 《가난뱅이의 역습》을 읽고 가난을 일부러 선택하는 실험을 하면서 알게 된 것인데, 추운 날 난방이 잘 안 되는 실내에 익숙해지면 따뜻한 곳에 들어갔을 때 얼굴이 빨개진다.

그 무렵 아빠의 사업이 갑자기 망해서 좁고 추운 집으로 급하게 이사를 하게 되었고, 두꺼운 외투를 입은 채 어두운 방에 앉은 아빠의 뒷모습이 그 집을 기억하는 유일한 장면으로 남았다. 그곳이 불행의 끝은 아니었던지 아빠는 교통사고를 내고 교도소에서 발에 걸린 동상과 함께 다음 겨울을 혹독하게 보내야 했다.

아빠가 심심할까 봐 종종 책을 골라 보내곤 했는데, 어느 날 옆방에 수감된 청년이 영어 공부를 하고 싶어 한다며 아빠는 나에게 영어교재를 좀 보내 달라고 했다. 끝나지 않을 것 같은 추위 속에서도 곁에 있는 사람을, 봄볕을 잊지 않는 아빠가 그 어느 때보다 고마웠다.

평생 쌓아온 모든 것을 잃고도 아빠는 다시 시작할 힘을 내어 초보 농부가 되었고, 이제는 직접 농사지은 쌀을 딸에게 보내주고 있다. 창문을 닫고 겨울에 머물러 있으면 그때의 기억은 추운 뒷모습뿐, 이제는 창문

을 열고 빛과 온기의 감각을 기어이 떠올리며 봄의 시
작을 기다린다. 시간이 흘러 지금 내가 가장 좋아하는
계절은 싹을 틔운 겨울인, 봄이다.

계속하기 위해 대충하자

유튜브에 매일 라디오를 녹음해서 올리기 시작했다. 짧은 일기나 기억하고 싶은 책의 글귀 낭독, 노래 한 곡의 구성으로 20분 이내의 분량이며, 만들고 올리는 데까지 한 시간을 넘기지 않는다. 거창한 목표가 있었던 것은 아니다. 종일 한마디도 할 필요가 없는 날들이 이어지는 게 걱정이 되었고, 매일 꾸준히 하는 일을 스스로라도 만들어 생활의 중심을 잡고 싶었다. 기대했던 효과를 충분히 얻는 와중에 (목표가 낮으면 만족도가 높아진다는 점을 십분 활용하는 편) 예상 밖의 결과도 있었다. 전 세계로 연결된 유튜브 덕에 먼 데 사는 친구들의 안부를 묻고 들을 수 있게 된 것이다. 독일에 공부하러 간 아현은 힘든 타지 생활 중에 친구의 목소리를 들을 수 있어서 위안이 된다고 했다. 최근에 취직한 화연은 하루를 마치고 자기 전에 듣기 딱 좋다고 했으며, 퇴근 후 작품활동을 하는 리서는 일에서 작업으로 옮겨가는 모드 전환용으로 딱이라고 말했다. 코로나 시대의 연결감을 잃지 않기 위해서라도 '계속하기 위해 대충하자'는 모토를 이어가기로 한다.

일상탐험가

최근에 요리를 좋아하게 되었다. 좋은 맛을 내는 건 자신이 없지만 재료를 씻고 썰고 다듬는 것, 다 먹고 나서 천천히 하는 설거지와 정리를 즐기는 편이다. 맛을 내는 것만이 요리의 목적이라고 생각했던 과거에는 글을 쓸 용기를 내지 못했다. 과정을 소중히 여기며 글을 쓸 수 있기까지 내게 필요했던 건 수많은 실패와 후회였다. 오이를 씻어 총총 썰듯, 냄비를 뽀독뽀독 씻고 탁탁 털어 말리듯, 순간순간에 잘 머무르는 글을 쓰고 싶다.

누군가 너는 음악가냐 작가냐 물어 오면 '생활가'라고 대답한다. 살면서 가장 자신 있는 게 무엇일까 가만히 돌아보니 걷는 것, 그리고 길을 잃는 것이다. 걷고 길을 헤매면서 몸에 익힌 속도로 매일 사소한 무엇이라도 발견하는 '일상탐험가'를 꿈꾼다. 길 위에는 꽃과 나무, 새와 고양이, 걷거나 뛰거나 어딘가를 응시하는 사람들의 이야기가 찰랑거리고 있으니까. 오늘도 가벼운 발걸음으로 귀만 잘 챙겨서 이야기를 주우러 다닌다.

내겐 너무 효율적인

생각해보니 나는 지름길보다 한참은 돌아가야 하는 길을 좋아하는 아이였어. 아침잠이 많아서 등굣길은 반드시 지름길이어야 했지만, 수업을 마치고 집에 돌아올 때는 매번 새로운 길을 찾아 걷고 말겠다는 이상한 욕심을 부렸지. 새로운 골목을 찾아내기 위해 다른 동네에 사는 친구를 기어이 바래다주고 집으로 오는 것도 마다하지 않았어. 친구와 걸으며 나누는 대화 역시 어디로 갈지 모르는 새로운 길로 향했지만, 우리의 이야기도 어린 우리의 발걸음처럼 경쾌하게 흘렀지. 모험은 더 과감한 모험을 이끌어내는 법이니까, 언젠가 하루는 공사 중인 고층 건물 옥상 헬리패드(헬기 주차대)까지 뛰어 올라가서 액션영화 흉내도 내고 그랬잖아. 고등학생 시절에는 돌아 돌아 걷기에는 너무 캄캄한 시간에 집에 돌려보내니까 새길 찾기의 취미를 계속 이어갈 수는 없었네.

요즘 하루 만 보 이상을 채우기 위해서 최대한 돌아 돌아 걷는 중인데 이게 내 인생에 전혀 새로운 게 아니었구먼. (어쩐지 너무 즐겁더라니.) 걸어도 걸어도 새길은 어김없이 나타날 거고, 지구는 둥그니까 자꾸 걸어나가면 온 세상 이야기들 다 만나고 올 수 있겠지? 효율성을 사전에서 찾아봤더니 '들인 노력과 얻은 결과의 비율이 높은 특성'이라고 나와 있어. 걷는 노력이 새로운 길과 그 위의 이야기를 가득 모으는 결과를 준다면... 이것 봐, 나 정말 효율성 높은 사람이었네!

쓰지 않으면 볼 수 없는 것

박수 소리를 들으면서 그곳에 계시다는 것을 알지만 잘 보이지는 않아요.[•]

위 문장을 읽고, 눈을 가린 술래가 박수 소리를 따라 도망가는 사람을 잡는 술래잡기가 생각났다. 어릴 때 누구나 한 번쯤은 해보았을 평범한 놀이지만, 가만히 생각해보면 눈으로 확인할 수 없는 두려운 상황에서 소리를 들려주는 상대에 대한 믿음이 전제되어 있다. 우리가 동료가 되어 글을 쌓고 있을 때에도 어찌 보면 눈으로 확인할 수 없는 두려움을 기본으로 가지고 있을지도 모르겠다. 글쓰기란 게 쓰지 않으면 쓰인 것을 볼 수 없는 어둠과 같기도 하고. 글을 쓰며 우리는 서로에게 박수 소리를 들려주고 있는 게 아닐까?

오늘은 '박수 소리'를 주머니에 넣고 만지작거리면서 비 오는 거리를 걷다가 일본 영사관 앞에 놓인 소녀상이 우비를 입고 있는 걸 보게 되었다. 아직 해결되지 않은 위안부 문제를 기억하고 있다고, 함께 잊지 말자고, 누군가 보이지 않는 곳에서 신호를 보내온다고 생

• 최은영 지음, 《내게 무해한 사람》, 문학동네, 2018

각하자 온 세상이 반짝이는 박수 소리로 가득해졌다.

　　최근에 내가 개인적으로 받은 가장 큰 박수 소리는 코로나 사태 이후 일거리가 완전히 사라진 후에도 누군가 나에게 글쓰기를 제안하고 독려해준 것이다. 박수 소리가 손바닥을 마주쳐야 난다는 걸 잊지 않고서, 내가 내밀 수 있는 손바닥을 늘 준비해두겠다는 다짐을 마지막 문장으로 남겨본다.

뜻밖의 좋은 날

퇴근길 집 앞 좁은 골목, 동네 어르신들이 총집합해 위쪽 어딘가 같은 곳을 보고 있어 인사를 했다. 6년째 살고 있는데 그렇게 모두가 모인 모습은 처음 보았다.

옆집 아주머니는 청소일을 해서 새벽에 출근하고 오후에 집으로 돌아온다. 가끔 마주칠 때 인사를 드리면 "예쁜 사람이네!" 하며 활짝 웃어 줘서 기운 빠지는 날에 만나면 얼마나 힘이 나는지 모른다.

내가 힘을 얻고 싶을 때 골목에서 늘 두리번거리며 찾는 것이 또 있는데, 바로 반장님이 키우는 외출냥이 '복순이'이다. 누군가 이사를 하면서 버리고 간 고양이를 데려다가 키운다는 반장님은 반려견 '비누'와 '반지'를 하루 두 번 산책시키고 길고양이 사료까지 챙기기 때문에 골목에서 가장 자주 마주치는 분이기도 하다.

앞집 분들은 이상하게 만나지지가 않고 대신 돌봄을 충분히 받은 화분들만 유심히 지켜봤었는데, 최근에 드디어 마주쳐서 화분 때문에 집에서 나오고 들어가는 길이 즐겁다고 인사를 드렸다. 그런데 며칠 후 우리 집 벽쪽까지 커다란 화분들이 놓이게 되어서 갑자기 정원이 생겨버렸다. 화분 둘 곳이 없어 2층에 사는 주인집 아저씨에게 부탁을 드려 그런 멋진 풍경이 생겼다고 한다. (야호!)

처음부터 월세동결을 약속한 마음씨 고운 주인집 부부는 오늘 나를 마주치자 동네 분들에게 "우리 집 아가씨야" 하며 가족처럼 소개를 해주었다.

차가 들어오지 못하는 불편하고 좁은 골목을 공유하는 사람들 + 동물 + 식물이 해 질 녘 따뜻한 햇살 아래 모인 뜻밖의 좋은 일이 너무 좋아서 일부러 복순이 배를 만지며 시간을 끌었다.

무언가를 소중히 여기는 마음

권정생 선생님은 자신의 첫 책이 출간되기 전인 1972년, 손수 색종이로 꾸미고 손글씨로 써 내려간 단 두 권의 시집을 만들어 지인에게 선물했다. (이거 완전 독립출판이잖아?!) 두 명 말고는 아무도 몰랐던 시집 《산비둘기》가 최근 세상에 나오게 된 사연은 꼭 동화 같다.

1973년, 한 권을 선물 받은 분이 시 한 편을 골라 잡지에 싣는다. 2007년, 아동문학가 한 분이 권정생 선생님의 연보를 정리하다가 그 잡지를 발견하고 언급된 《산비둘기》라는 시집이 궁금해진다. 2013년, 5년이 넘는 시간 동안 《산비둘기》의 흔적을 찾아 헤매다가 검색이 매일의 일상이 되었을 무렵 (드디어!) 한 블로그에서 흔적을 발견한다. (그 마음이 어땠을지 상상이 안 되는데...) 그리하여 2020년, 권정생 동시집 《산비둘기》는 창비 출판사를 통해 출간되어 내 손에 들어왔다. 무언가를 소중히 여기는 마음으로 반백 년 동안 이야기를 이어왔구나 싶어 깊은숨이 쉬어졌다. '소중하다'는 말을 너무 쉽고 가벼이 쓰며 살아온 게 아닐까 해서 낯이 뜨거워지기도 했다. 우선 아주 천천히, 매우 여러 번, 눈으로 입으로 가슴으로 그 시들을 읽으며 무언가 배울 수 있기를 바란다.

눈을 맞추고 말을 걸어주고 대답을 들어주는 시간

언제나 다정한 '벽산 비디오·책 대여점' 아주머니의 약
간 아련했던 눈동자와 낮은 목소리가 가끔 생각난다.
비디오나 책을 고르면 자기 생각을 이야기해주었고,
반납할 때는 어땠냐는 질문도 빼먹지 않았다. 학교에
서 15시간씩 보내야 했던 고등학생 때에는 아주머니에
게 추천받은 《태백산맥》과 《한강》이 소중한 은신처가
되어 주었다. 대하소설 속 등장인물은 '주인공'이 아니
라도 하나하나가 자신의 삶을 가지고 있는 점이 좋았
다. 6년 동안 같은 옷을 입고 이름이 아닌 번호로 호명
되는 시간을 보냈으니까. 비디오·책 대여점은 짧은 시
간 동안 사람들의 일상이 되었다가 아스라이 사라져버
렸고, 잠시 나타났다 사라진 문화 속에 나의 청소년기
가 남아있다. 스쳐 지나간 수없이 많은 사람 중에서 그
아주머니의 기억이 선명하게 남은 이유를 생각해본다.
눈을 맞추고 말을 걸어주며 대답을 들어주는 것은 얼
마나 커다란 시간이었나를 떠올려 보면서.

안부를 묻는다

오늘도 먼저 전화 걸어줘서 고마워. 언제나 내가 한발 늦어버리네. 누군가의 안부가 이렇게 마음을 데워준다는 걸 알면서도 왜 내가 먼저 전화 거는 용기를 내지는 못할까. 습관이지 뭐. 습관을 고치는 데 거창한 다짐은 오히려 방해가 되는 것 같아. 돌이켜보면 공책 첫 장에 꾹꾹 눌러 쓰면서 의지를 불태운 계획은 성공 확률이 너무 낮더라고. 오히려 행동하기 전에 생각하는 시간을 어떻게 줄이는가, 그게 관건이지 않을까. 예전에 존경하는 선배님이랑 오랜만에 만나서 차를 마시다가 둘 다 알고 있는 친구의 이름이 나왔어. "이럴 때는 바로 전화해야지" 하면서 친구와 웃으며 통화하는 선배님을 보면서 감탄한 적이 있거든. 다짐이나 결심 따위는 살포시 내려놓기로 하고, 다음에 네가 떠오르면 곧바로 전화를 걸어 별것 아닌 안부를 물을게.

삶으로 이야기하는 친구

호야의 옅은 갈색 눈을 한참 동안 바라보았다. 10년쯤 알고 지내는 사이, 삶을 충실히 살아내며 변화를 몸에 새기는 호야를 보는 것만으로도 땅이 단단해지는 느낌을 받아왔다. 만나서 이야기를 나눌수록 고마움이 커졌다. 혼자 살아가는 나에게 생활 감각을 놓치지 않도록 언제나 삶을 말해주는 친구이기 때문이다.

젊은 날 분명한 목적과 옳음을 좇던 호야는, 오늘의 대화 속에서 슬픈 눈으로 길을 잃었다고 말했다. 쉼 없이 달려온 젊음 속에서 크고 선명한 옳음이 등대가 되어 주었는데, 지금은 자신의 작고 약한 흐림 앞에서 한없이 부서지고 있다고 한다. 오늘 만나서 이야기를 나누던 지역공동체 책방에서 우연히 이웃들과 마주치게 되었다. 호야는 눈물을 뚝뚝 흘리다가도 눈이 마주치는 동네 사람들과 인사를 나누고, 공동의 계획을 조율하고, 위로와 축하를 나누고 있었다. 가장 밝은 눈빛과 따뜻한 목소리로. 길을 헤매는 호야에게 글쓰기를 추천하며 리베카 솔닛의 《멀고도 가까운》을 선물했다. 어떤 상황에서도 땅 위에 발을 내딛던 호야의 크고 선명한 마음속 이야기를 이제는 글로 만나고 싶어졌다.

도시의 작은 생명들

언제부터인가 예상치 못한 곳에서 생명을 마주하게 된
다. 시장 앞 떡집의 노란 천막 한쪽 구석에 아기 제비들
이 배고프다고 소리 지른다. 진흙과 지푸라기로 견고
하게 집을 지어 몇 대째 아이를 낳고 기르고 있었다. 어
째서 도시 한복판에 자리를 잡았는지 의아해하는 나와
눈이 마주쳐도 피하지 않던 청소년 제비의 표정을 잊
지 못한다. 도시가 도시이기 훨씬 전부터 우리의 조상
제비들이 이곳에 살고 있었다고, 의아해하는 나를 의
아해하는 당당한 눈빛이다. 시멘트 위를 날던 배는 희
고 등이 검은 작은 나비. 하수도관 안에서 서로 꼬리잡
기 놀이를 하던 아기 고양이 남매. 나뭇가지를 물고 전
깃줄 위에 앉은 산비둘기. 도시의 작은 생명들은 모두
같은 눈빛으로 나를 보며 이야기를 걸어온다. 도시가
인간만의 것이냐고.

내 삶의 전부

책에서 기억하고 싶은 구절은 공책에 베껴 써두지만, 얼마 전부터 녹음을 해서 산책할 때나 이동할 때 찾아 듣기 시작했다.

오랜만에 기차 탈 일이 생겨서 몇 번을 읽고 들었던 정혜윤 작가의 《아무튼, 메모》 중 녹음해둔 부분을 다시 재생시켜두고 별생각 없이 창밖을 내다보았다. 세월호 유가족이 너무 빨리 떠나버린 아이들의 이루지 못한 꿈이 적힌 달력을 작가님에게 선물했단다. 평범한 날짜와 이름과 꿈이 담담히 적혀있어서 나도 담담히 녹음을 했고 여러 동물 존중의 날을 지정한 귀여운 달력도 뒤이어 소개되어서 옅게 웃기도 했다. 그런데 "10월 6일, 아버지의 전부... 김소연"이라는 말을 녹음된 내 목소리로 다시 들었을 때 툭, 붙잡을 겨를도 없이 눈물이 쏟아졌다. 전부를 잃은 사람의 마음이 아렸다.

살면서 그 누구도 나의 전부로 삼아본 적 없는 내 사랑의 빈약함이 아팠다. 앞으로도 그런 사람, 아니 꼭 사람이 아니어도 전부라고 말할 무언가를 가질 가능성이 무척 희미해 보이기에. 어쩌다가 생의 간절함 하나 가슴에 새기지 못한 삶을 살았을까, 말릴 겨를도 없었던 눈물의 이유를 뒤늦게 더듬더듬 궁리해본다. 지금 바깥에는 세찬 비가 내리고 있다.

프랭코에게

기억에 남는 편지가 있냐고 물었을 때, 너는 잠깐 침묵
했어. 괜한 질문을 한 걸까 눈치를 살피는데, 너는 얼굴
에 엷은 미소를 띠고 (우리는 나란히 걷고 있었기 때문
에 얼굴을 보지 못했는데 목소리에도 미소가 담길 수
있더라) 편지 이야기를 하나씩 꺼내놓았지.

대학 시절 한 수업의 마지막 과제가 자신에게 쓰는
편지였다고 했지. 시큰둥하게 쓰고 나서, 일 년 후 '너
는 이 편지를 까맣게 잊었겠지...'로 시작하는 글로 돌아
왔을 때의 기분을 네가 뭐라고 표현했더라? 아무튼 교
사가 된 후 아이들에게 계속해서 편지를 쓰게 했던 건
그 경험과 관련이 있다고 말했지. 그리고 몇 년간의 교
사 생활 동안 아이들에게 받은 너의 보물 편지 이야기
를 들려줄 때는 언젠가 나도 그 편지들을 읽어보고 싶
다고 생각했어. 상처를 잔뜩 안고 그렇게 사랑했던 학
교와 제자들을 떠나야 했던 너의 이야기를, 우리가 처
음으로 길게 대화를 나누었던 날 나는 들을 수 있었잖
아. 사랑하는 만큼 상처가 큰 거라고 누군가 내게 알
려 주었는데, 너를 보니 그 말을 더 깊게 이해할 수 있
을 것 같다.

학교 밖으로 나온 너의 다음 선택은 나에겐 오히려
축복에 가까운데, 그건 네가 너를 둘러싼 모든 이에게

인생 학교를 만들어 주는 일에 전부를 쏟고 있으니까. 스스로 사랑하는 일을 일상 속에 잔뜩 배치해두고 거기에 자신의 전부를 쏟는 사람을 눈앞에서 만나는 경험이 쉽게 찾아오지는 않아. 네가 만든 문도 없고 담도 없는 근사한 학교에서 나는 선생님이 되기도, 학생이 되기도, 동료가 되기도 하면서 죽을 때까지 배우는 사람으로 남고 싶다는 나의 꿈을 이뤄가는 중이니, 내가 너에게 얼마나 고마울지 상상이 되니?

낭만적 노화의 징후

'머리카락이 늙는다'고 삼십 대 중반 즈음 친구가 말했다. 그때만 해도 대사가 좀 느려졌다는 것 말고는 아직 별다른 징후가 없던 터라 함께 생각해보는 '노화'는 오히려 흥미로운 대화거리였다. 마흔을 코앞에 두고 난시 안경을 맞추러 갔다가 노안이 시작되었다는 담담한 목소리에 심장은 쿵 떨어지고 입가에는 실소가 번졌다. 분명 이야깃거리로의 노화를 생각할 때는 안경사 선생님의 목소리와 같은 마음가짐일 거라고 거의 확신했었는데. '할머니 포크가수'라는 장래희망을 자주 말하고 다녀서 마음의 준비가 잘 되어있는 줄로만 알았다. 인간은 엄청나게 큰 충격에도 사실은 잘 적응하니까 (제안을 받은 노안 안경은 거부했지만) 스마트폰을 눈앞 아주 가까이 가져올 수 없는데 익숙해졌다.

노화란 삶에서 가장 큰 충격일 수 있는 죽음을 희석시킨 것이긴 하지만, 그 속도가 인식보다 아주 조금 느리다는 게 다행일까, 불행일까.

오늘은 (현재 만으로 마흔 살) 오랫동안 속을 썩이던 오른쪽 어깨 통증의 원인을 알아보기 위해 정형외과에 갔다. 설명을 꼼꼼히 잘해주던 의사 선생님은 나의 회전근육(팔을 돌리는 근육)에 염증이 생겼다며, 이대로 두면 곧 오십견(?!?!?!)이 찾아온다며, 근육주사 +

94

고주파치료 + 링거주사 + 엉덩이주사 + 세 가지 종류
의 물리치료를 내 의사와 상관없이 속전속결로 진행했
고, 나오는 길에 나는 262,600원을 결제하게 된다. 계
속해서 노화를 낭만적으로 바라볼 수만은 없게 되었지
만, 적어도 자연스럽게는 받아들이고 싶다고 생각하며
자세를 고쳐잡고 천천히 스트레칭을 해본다.

천천히 변한다는 것

다시, 만 보 걷기를 해야겠다는 마음을 먹고 길을 나섰다. 어디로 갈지 몰라 골목에서 잠깐 머뭇거리다가, 바다가 보고 싶어져서 섬을 향해 걷기 시작했다. 오천 보쯤 걸어서 섬으로 들어가는 다리에 도착했는데, 강풍에 날리는 모자를 수습하느라 진땀을 빼다가 갑자기 화장실도 가고 싶어져서 옆에 있던 백화점으로 피신을 했다.

잠깐 쉬어가자 싶어 백화점 안의 서점에 들어가게 되었는데, 딱 눈에 띈 책이 바로 《걷는 사람, 하정우》였다. 서점에 준비된 폭신한 소파에 반쯤 누운 자세로 걷기 장인의 이야기를 훑어보았다. 하루에 삼만 보를 걷는다니! 십만 보를 걷기도 했다니! 가장 걷기 좋은 '매직 아워'가 오후 다섯 시라는 대목에서 시계를 보았더니 마침 오후 다섯 시라니! 안락한 의자에서 벌떡 일어나 다시 힘을 내어 걷기 시작했고, 그러자 하늘과 바다의 쨍한 파랑과 봄 산을 덮은 연분홍, 연녹색이 나를 향해 쏟아진다.

책 속에서 하정우 님도 강조했듯이, 두 발로 매일 걷다 보면 계절은 한꺼번에 '짠!' 하고 변하는 게 아니라 아주 천천히 변한다는 걸 발견할 수 있다. 최근에 은행나무 가로수의 아주 조그만 연두색 잎사귀를 보고 깜짝 놀란 적이 있는데, 내 머릿속에는 진노랑으로 흐드러지거나 강렬한 냄새를 풍기는 가을에만 은행나무가 존재하고 있었기 때문이다. 빠르고 바삐 흘러가는 세상에서 변화의 결과에만 눈길을 빼앗기며 살아온 건 아닐까 돌아보게 된 계기가 되었다.

오늘 천천히 걸으며 봤더니 (청소년) 은행 잎사귀가 제법 더 자라있어서 반갑게 인사하고, 바닥에 떨어진 잎 두 장을 주워서 책 속에 끼워두었다.

알면 사랑하게 되는 소리

겨울에는 일감이 싹 사라지는 프리랜서 생활을 몇 년 지속하다 보니 시간을 보낼 월동의 꾀를 부리게 된다. 종일 이용할 수 있는 쾌적한 연습실을 갖춘 성인 취미반 피아노 학원에 등록한 것이다.

이유나 목적에 클래식 음악은 하나도 없었는데 막상 시작하고 연습실에서 시간을 오래 보내다 보니 (겨울이 지나고 코로나 격리의 봄까지 시간은 넘치고 할 일은 없었으니) 피아노의 매력에 점점 빠져들게 되었다. 손가락과 건반이 겨우 낯가림을 면하는데 석 달쯤 걸렸고, 그다음에 선생님의 추천으로 브람스의 Intermezzo op.118, no.2라는 곡을 한 음, 한 손씩 익혀나갔다. 무척 어려웠지만 곡이 워낙 아름다워서 한동안 내 플레이리스트에는 딱 한 곡만 들어있을 정도였다. 그 후로 다섯 달째 한 곡만 치고 있게 될 줄은 몰랐지만...

아름다움 말고는 그 어떤 효용도 없는 무용한 행동을 그토록 오랫동안 마음을 다해 지속한 첫 경험이 되었다. 파고들수록 더 알게 되고, 알수록 더 사랑하게 되는 세계가 있었다. 수많은 피아니스트가 다른 몸으로 저마다의 다른 감정과 다른 소리를 들려주는 세계가, 내가 모르는 사이에도 오래도록 버젓이 있었던 것이다. 비록 그 소리 근처에도 못 가는 실력이지만, 피아노 앞에서 내 몸의 세포들은 이전에는 몰랐던 뜨겁고 황홀한 무언가를 느끼기 시작했다.

Are you connected? 당신은 연결되어 있나요?

위 질문은《아무튼, 비건》표지에도 나와 있는데 전 세계 비건인들이 서로를 알아보고 응원하는 말이라고 한다. 모든 동물성 식품과 제품을 '거부'하는 게 비건의 정의 같지만 실은 지구 위 모든 생명이 '연결'되어 있다는 것을 믿는 표현이다. 비건을 결심하지만 자주 포기하는 나에게 용기를 주는 책 속의 말은 '한 명의 완벽한 비건보다 백 명의 비건'적'인 사람이 지구에 더 필요하다'였다. 나는 고기를 먹는 것에는 전혀 반감이 없지만 고기를 다루는 현재 산업사회의 공장식 축산 방식이 점점 더 견딜 수가 없어서 고기와 이별 중이다.

오로지 경제적 효용과 편리와 권력을 좇는 인간 문화는 비단 동물만을 향할 리가 없다. 역사 속에서 충분히 경험해왔듯이 인간의 문화는 식물과 땅, 다른 인종과 성, 결국 자신이 짓누를 수 있다면 어떤 존재도 가리지 않았다. 즉 소와 돼지와 닭을 인간의 편의를 위해 가두고 학대하며 죽일 수 있다면, 누군가 힘 있는 자의 편의를 위해 내가 갇히고 학대와 죽임을 당할 수 있다는 감각이 바로 위 질문에 등장한 연결감이라고 생각한다. 연결에 대한 생각을 이어가다 보니 현대의 문화란 거의 모든 것으로부터의 분리가 아닐까 싶다. 오래된 동네와 집과 시간을 싹 지워서 과거와의 연결을 쉽게 끊어버리는 재개발, 시골의 땅과 생활과 역사는 싹 무시해버리고 도시와 지방의 연결을 끊는 국가사업(제주 해군기지, 밀양과 청도의 송전탑 건설, 성주 사드 등등), 세대, 빈부, 정보의 유무, 심지어 취향에 따라서 외면을 계속 쌓아가는 바로 그 문화. 그 누구도 연결되지 않고서는 세상에 태어날 수도, 생을 이어갈 수도 심지어 죽을 수도 없기에 나는 대답하고 싶다.

"Yes, I'm connected."

창문을 열고

새벽 기차를 타기 위해 낯선 시간대에 눈도 제대로 못
뜨고 집을 나섰다. 버스 정류장에 도착했을 때 해가 막
떠오른 하늘을 보자 그제야 눈이 번쩍 뜨였다. 서서히
달리는 버스 창밖에서는 그윽한 오렌지색의 아침노을
을 배경으로 도시가 서서히 깨어나고 있었다. 나와 달
리 깊은 잠을 푹 자고 일어났는지 밤사이 모든 피로를
다 털어냈다는 듯, 산과 바다와 도시는 투명하게 반짝
이는 중이었다. 아침 해를 온몸으로 받은 바다의 색이
너무 아름다워서 버스에서 내리고 싶었지만 기차 출
발 시간이 아쉬웠고, 창밖에서 풍경을 흠뻑 마시듯 담
배를 피우는 아저씨가 부러워서 힘들게 성공한 금연
이 아쉬웠다.

　기차에 무사히 오르고 잠깐이라도 눈을 붙이기 위
해 차창 블라인드를 내렸다. 어차피 KTX는 너무 빠르
고 터널을 너무 많이 지난다는 걸 잘 알고 있기도 하니
까. 때때로 창을 열기도 또 닫기도 하면서 살아가고 있
구나, 문득 그런 생각을 하며 선잠이 들었다. 눈을 감아
도 보이는 아침노을 풍경은 그곳에 영영 스며들고 싶
을 정도로 아름다웠다. 창밖에 아름다운 것을 마주할
때 이것저것 따지지 않고 성큼 바깥으로 한발 내딛는
사람이 되고 싶다고도 생각했다.

자연스러움

하늘을 보며 걷다가 나뭇잎에서 새 계절이 느껴지면
엄마 생각이 난다. 귀촌한 엄마는 시골에서 계절이 바
뀌는 가장 빠른 증거들을 사진에 담아 보내준다. 산을
덮은 하얀 눈송이를 받은 지 얼마 되지 않은 것 같은데
움트는 버들강아지가 도착하는 식이다. 전나무와 잣나
무와 소나무를 이제 구분할 수 있다며 (묻지도 않았는
데) 자세히 설명해주고 어릴 때 교과서에서 글로 배운
농사를 직접 해보니 그게 기억이 나더라며 소녀처럼
웃는다. 상황에 쫓겨 시작한 시골 생활의 고된 노동 사
이에서도 엄마는 발견을 멈추지 않는 사람이었다. 삶
의 거친 물살에 발을 담그고 휘청이거나 꽁꽁 얼기도
할 테지만, 흘러가는 것을 가만히 바라보고 무언가 발
견하는 태도를 고귀함이라고 부르고 싶다. 자연은 끝
없는 변신과 되돌아오는 힘으로 자연스러움을 보여준
다는 것을, 나는 엄마를 통해 배운다.

　　언제부터인가 자꾸 엄마처럼 하늘을 보며 걷다가
무언가를 발견해서 사진을 찍는다. 나무 한 그루의 삶
에도 이야기가 가득 들어있고, 그들도 사람만큼 고유
한 특성이 하나하나 있다는 걸 예전에는 미처 알지 못
했다. 고개를 들고 가만히 자연을 바라본다.

혼자 걸어도 함께 걸을 수 있는

바다 건너 멀리 사는 친구 미래가 우리 동네에 잠깐 들를 일이 있다고 해서 산책 약속을 잡았다. 만난 횟수가 다섯 손가락 안에 드는 사이지만 어쩐 일인지 관심사가 비슷해져 멀리서 서로를 예의주시하고 있던 참이라 더욱 내가 좋아하는 산책길을 함께 걷고 싶었다. 미래는 나보다 몇 해 먼저 식물을 기르는 세계에 진입했고, 언젠가 새잎이 돋아나는 저마다의 모양을 묘사해준 적이 있는데 그 모습이 너무 사랑스러워서 동영상으로 찍어두고 가끔 꺼내 보면서 히죽거린다.

"종려나무는 부채를 접은 것처럼 났다가 사라라라락~, 소철은 파마머리 구루푸 만 것처럼 났다가 사라라라락~, 여인초는 종이를 돌돌 만 것처럼 태어났다가 종이가 사라라라락~"

코로나19 예방 사회적 거리 두기로 집에 오래 머무는 동안 햇빛이 없어도 잘 자란다는 테이블야자와 스파티필룸을 데려와서 매일 살피기 시작했는데, 그저 귀엽기만 하던 미래의 묘사가 얼마나 사실적인지를 깨닫게 되었다. (테이블야자는 부채파였고, 스파티필룸은 돌돌 만 종이파였다.) 혼자 걷던 숲을 미래와 함께 걸으니 조잘조잘 입이 쉴 틈이 없었고, 구석구석 내가 걷고 발견한 전부를 다 나누고 싶어서 걸음이 자꾸 빨라졌다. 서로 아는 풀과 꽃과 나무 이름이 겹치지 않아서 우리의 늦깎이 식물 공부에 큰 도움이 되었는데, 아니나 다를까 미래가 바다 건너로 돌아가서도 우리의 카톡방은 '식물 공유방'으로 기능이 바뀌어서는 경쟁적으로 호랑가시, 바람개비꽃, 매발톱, 한련, 박새, 쇠뜨기, 송엽국, 오동나무, 아프리카 백합의 사진을 올리더니 급기야 깊은 숲속 수도원 정보까지 등장하는 중이다.

어느 날 미래는 읽고 있던 책에서 초봄에 은행잎이 새끼손톱보다 작은 크기로 시작한다는 '은행나무의 비밀'이 적힌 구절을 보내주었는데, 함께 걸었던 그날 내가 같은 이야기를 했었다. 미래는 그걸 기억하고 나를 떠올려 인사를 건넨 것이었다. 친구의 발견이 나에게 전해지고 기억에 남겨지면 내가 다시 발견한 그 순간에 친구를 떠올리고, 내 발견도 친구에게 전해지고 기억에 남아 친구가 그걸 발견하면 그 순간 나를 떠올린다. 혼자 걸어도 함께 걸을 수 있는, 거리를 두고도 서로 연결될 수 있는 신박한 방법이다.

뺄셈과 나눗셈을 그리는 노래

재개발로 사라질 거리를 기억하기 위해 그곳에서 노래
하는 영상을 촬영하기로 했다. 구불구불 시간에 따라
제멋대로 생겨난 좁은 골목과 그 위에 천천히 쌓인 이
야기들을 너무나 쉽게 지우고 살아가는 건 아닌가. 덧
셈과 곱셈만을 욕망하는 낡은 도시에서 눈치 없게 뺄
셈과 나눗셈을 그리는 노래를 불러보는 것이다. 붙잡
지 못할 시간과 공간을 소리와 장면으로라도 남겨보고
싶었다. 온몸이 눈이라면, 온몸이 귀라면 더 많이 머금
고 살아갈 수 있을까. 기억하기 위해 온몸에 기록을 새
기는 영화 주인공을 떠올리고, 기억이 있어 견딜 수 있
다고 말하는 《마당을 나온 암탉》을 떠올린다. 그리고
는 보라색 꽃이 비밀스럽게 피어있는 바스러진 공터에
서 노래를 불렀다.

> 무릎 위로 떨어진 동그란 햇살,
> 문득 어딘가로 나를 데려가네.
> 그 밤의 온도, 스며든 비밀,
> 훔쳐봤던 눈빛, 엿들었던 콧노래.

• 이내 작사·작곡, 〈나의 단어들〉 노래가사

어깨 위로 떨어진 세모난 바람,

문득 어딘가로 나를 데려가네.

어긋난 순간, 짓궂은 우연,

사라지는 것들을 그리워하는 뒷모습.

순간으로 깃든 모든 이들과,

사라지는 모든 것들에 고마워.

모든 것이 사라져도 기억만은 사라지지 않아.

모든 것이 사라져도 기억만은 사라지지 않아. *

새로 산 녹음기에 주워 담아온 노랫소리에 귀를 기
울이다가 그 자리에 초가을 풀벌레 소리, 멀리 우는 새
소리, 지나가는 기차 소리, 옆집 라디오 소리가 조심조
심 함께 있었다는 것을 뒤늦게 발견한다. 매스컴 타길
좋아하는 이발사 아저씨, 사진 찍으러 오는 관광객을
싫어하는 세탁소 주인, 모기 쫓던 부채를 흔들며 인사
해주던 할머니, 좁은 골목길을 여유롭게 자전거로 빠
져나가던 할아버지의 숨소리, 들리지는 않지만 함께
담겨있다.

미래는 슬픔의 모양으로

어제 슬픔에 잠긴 너에게 오늘 슬픔에 잠긴 내가 소개해주고 싶은 사람이 있어. 네가 고흐의 편지를 좋아하는 것처럼 나는 릴케의 편지를 좋아한단다. (그러고 보니 우리 둘 다 편지를 좋아해서 친구가 된 걸까.)

오늘은 갑자기 찾아온 슬픔에 똥 마려운 강아지처럼 낑낑거리며 오랜만에 몇몇 친구에게 전화를 걸어 하소연을 했지. 반가운 목소리를 듣고 기분은 좀 좋아졌지만 슬픔은 그 자리에 남은 채로, 릴케의 《젊은 시인에게 보내는 편지》를 펼쳤는데, 맙소사, '슬픔'이라는 단어가 그곳에도 있지 않겠어. 릴케는 슬픔에 빠진 젊은 시인에게 편지를 쓰고 있는데, 놀랍게도 '슬픔 앞에서 가장 나쁜 것은 그 슬픔들을 사람들 사이로 끌고 나가 지워버리려고 하는 것뿐'이라는 거야.

얼굴이 부끄러움과 놀라움으로 조금 붉어진 채 눈을 동그랗게 뜨고 편지를 읽어 나갔어. 슬픔들이란 새로운 어떤 것이 우리의 내부로 들어오는 순간들, 즉 어떤 미지의 것이 우리 안으로 들어오는 것이기 때문에 그것은 다시 말해 '우리의 미래가 우리의 내부로 들어오는 순간들'이라고, 릴케는 말했어. 미래는 슬픔의 모양으로 우리 안에 들어와 스스로 그 안에서 변하면서 오랜 뒤에 무언가 실체로 나타날 것이므로 바로 그 때문에 '슬플 때는 혼자 지내야 하며 세심해야 한다는 것이 그토록 중요한 일'이라고.

　그래, 릴케는 책 속에서 계속해서 고독의 중요성을 강조하는데, 그게 왜 이렇게 안심이 되고 위안이 되는 걸까. 어떤 것에도 확신이 없다고, 소중한 것들은 언젠가 떠난다고, 날마다 새롭고 커다란 세계를 마주하게 된다고 슬픔에 종종 빠지는 젊은 너에게 내가 해줄 수 있는 건 거의 없으니 릴케의《젊은 시인에게 보내는 편지》를 보낸다.

대답이 돌아오는 세계

내 글쓰기의 시작은 모든 것이 난감하여 어찌할 바를 모르던 20대 시절, 지푸라기라도 잡는 심정으로 써 내려간 '모닝페이지'였다.[*] 매일 아침 눈을 뜨자마자 머리맡에 둔 공책의 세 쪽을 채우는 방식이었는데 글을 쓴다기보다는 양을 채우는 게 핵심이었다. 일 년 정도 머릿속 쓰레기를 처리하듯 떠오르는 것들을 써 내려간 경험이 특별한 결과를 가져다주지는 않았지만, 감당하기 어려운 일이 닥치거나 생각이 뒤엉키거나 어찌할 바를 모를 때마다 일단 노트와 펜을 챙겨 드는 습관이 생겼다.

그 이후로는 15분 타이머를 맞추고 무작정 써 내려가는 연습을 시작했는데, 이번에도 내용보다는 15분이라는 시간을 채우는 게 중요했다.[**] 친구가 갑작스레 고민을 털어놓을 때에도 종이와 펜을 내밀어 타이머를 맞춘 다음 글을 쓰고 서로 낭독해서 읽었으며 그럴 때면 고민이 해결된 것도 아닌데 스르르 마음이 부드러워져서 집으로 돌아가곤 했다. 그런데 잠깐, 왜 우리는 이렇게 계속해서 글을 쓰려고 하는 걸까?

• 줄리아 카메론 지음, 《아티스트 웨이》, 경당, 2012
•• 나탈리 골드버그 지음, 《뼛속까지 내려가서 써라》, 한문화, 2018

글쓰기는 (내 경험으로는) 아무리 써도 절대 익숙해지지 않고 매번 처음으로 돌아가 새로 시작하는 막막한 기분을 주는 괴로운 일인 게 틀림없는데, 시중에는 글쓰기 책이 끊임없이 쏟아지고 온·오프라인 글쓰기 워크숍이 셀 수 없이 많다. 이 세상에 태어나 어둠, 두려움, 난감함, 위험, 알 수 없음, 외면, 괴로움, 외로움 앞에서 살아가야 하는 인간의 운명과, 지름길도 없고 피할 곳도 없는 여백 앞의 고독한 글쓰기가 꽤 닮아 있다는 생각이 문득 들었다. 두려움을 마주하여 한 단어, 한 문장씩 천천히 쌓으면 글이 되고, 위험을 마주하여 한 걸음, 하루씩 채우면 삶이 된다. 단, 글쓰기는 다시 고쳐 쓸 수 있고, 누군가에게 전달할 수 있어 대답이 돌아오는 세계라는 점에서 삶보다는 한결 안전해 보인다.

불안을 쓰는 마음

하 현

쌀국수를 좋아하고 따뜻한 파인애플을 싫어합니다.
장래희망은 부유하고 명랑한 독거노인입니다.

먼지보다 가벼운 마음으로

"어떻게 지내고 계세요?"

요즘은 "안녕하세요"라는 인사말을 건네는 대신 이렇게 묻는다. 벌써 2020년 상반기가 끝나간다는 사실이 믿어지지 않는다. 늘 그랬듯 이번에도 다이어리 맨 앞장에 온갖 목표를 빼곡히 적으며 새해를 시작했는데 정신을 차려 보니 목표 같은 건 잊은 지 오래고 시간은 무서운 속도로 흐르고 있다.

겨울과 봄을 지나는 동안 내가 가장 열심히 했던 일은 무너짐을 지켜보는 것이었다. 삶과 일상, 희망과 기대, 인간에 대한 신뢰, 경제, 안전... 내가 알던 세계가 거짓말처럼 무너지는 모습을 지켜보며 나도 모르는 사이에 무기력을 학습했던 것 같다.

아무것도 바꿀 수 없고 무엇도 원래대로 되돌릴 수 없는 내가 너무나 작고 하찮게 느껴졌다. 아무리 못해도 우주의 먼지 정도는 되는 줄 알았는데 어쩌면 그조차 나의 착각이었던 게 아닐까? 알 수 없는 불안감에 시달리며 아무것도 쓰지 못하는 시간이 계속됐다.

내가 사랑했던 쓰는 삶을 되찾기 위해 모르는 사람들의 글을 찾아 읽기 시작했다. 각종 온라인 공간에 올라오는 공개된 일기들을. 세계가 흔들리고 무너지는 와중에도 매일 글을 쓰는 사람들이 있었다. 그들의 존재를 확인하고 나니 왠지 안심하게 되었다. 어떤 글을 읽고 나서는 아주 오랜만에 뭔가를 끼적거렸다. 내 안에 쌓인 기름때처럼 진득거리는 무기력을 말끔하게 닦아내고 싶다고 생각하면서.

명왕성은 지구에서 약 60억 킬로미터 정도 떨어져 있다. 상상할 수 없을 만큼 먼 거리를 지나 그곳에 도착했다고 해도 우주 전체를 놓고 보면 우리는 여전히 집 마당에 머물러 있는 것과 같다고 한다. 한 인간이 우주의 먼지조차 될 수 없는 건 어쩌면 당연한 일인지도 모른다. 그러니 마음껏 하찮아지기로 한다. 비장한 각오나 뜨거운 열정 뭐 그런 거 말고. 가벼운 흥미만 손에 쥐고 놀이처럼 쓰기로 한다.

오늘과 내일의 글쓰기

삶은 단순하게, 생각은 명확하게. 요즘은 이 말을 마음
속에 새기고 산다. 단순한 일과, 단순한 식사, 단순한
관계, 단순한 소비. 필요 이상으로 많거나 복잡했던 것
을 하나씩 내려놓는 연습. 채우는 것보다 비우는 걸 더
잘하는 사람이 되고 싶다. 가벼운 마음으로 더 멀리 날
아갈 수 있도록.

　저녁으로 양배추와 풋고추와 머윗대를 먹고, 차가
운 옥수수차를 마시며 쓰는 일기. 오늘 일은 오늘에 남
겨두고 내일로 가자.

머리카락의 성실함

새집으로 이사하면서 촌스러운 노란 장판에서 벗어났다. 드디어 나도 깔끔한 흰색 마루가 깔린 집(이라기보다 방에 가깝긴 하지만)에서 살게 되었다. 하지만 미처 생각하지 못한 문제가 있었다. 하얀 바닥에 떨어진 머리카락이 눈에 너무 잘 띄는 것이었다. 머리를 빗거나 감지 않아도 머리카락이 이렇게 많이 빠질 수 있다니. 우리 집에서 하룻밤 자고 간 친구는 바닥에 떨어진 내 머리카락을 보고 털갈이 중인 고양이와 함께 있는 것 같다고 했다. 매일 이렇게 빠지는데 머리숱은 어째서 그대로인 걸까? 내 몸에서 가장 성실하게 일하는 세포는 머리카락 담당 세포인 게 분명하다. 하루에도 몇 번씩 허리를 숙여 바닥에 떨어진 머리카락을 줍는다. 인간은 세상에 참 많은 걸 흘리고 가는구나. 머리카락을 줍다가 그런 생각을 했다.

비로소 '쓰는 사람'

일주일에 세 번, 마트에서 파인애플을 판다. 시식용 파인애플을 맛본 손님이 관심을 보이면 열심히 꼬드겨 구매를 유도한다. "하나 주세요"라는 말을 들으면 성공. 마음이 바뀌기 전에 얼른 좋아 보이는 걸 골라 껍질을 벗겨 준다. 이 일을 시작하기 전까지 나는 살면서 단 한 번도 파인애플을 잘라 본 적 없는 사람이었다. 늘 손질된 것만 사 먹어서 처음 출근해 30센티미터짜리 칼을 손에 쥐었을 때는 무척이나 막막했다. 하지만 넉 달이 지난 지금은 하루에 70통도 거뜬하게 깎는다. 델몬트 로고가 그려진 앞치마를 입고 장인정신에 취해 파인애플을 썰고 있으면 구경하던 손님들이 한 마디씩 던진다.

"델몬트에서 나와서 그런지 역시 잘하네!"

"이야, 파인애플을 저렇게 깎는 거구나!"

'저로 말하자면 델몬트의 하청의 하청에서 나온 사람이고 하루에 70통씩 썰다 보면 누구나 파인애플 껍데기 까기의 달인이 된답니다!' 그런 말은 속으로 삼키고 그냥 웃는다.

"네, 제가 좀 잘하죠?"

이제는 능청스럽게 받아칠 여유도 생겼다.

본격적으로 글을 쓰기 시작한 건 4년 전. 파인애플

손질과 다르게 글쓰기는 4년을 반복해도 쉬워지지 않는다. 아무리 짧은 글도 거뜬하지가 않다. 하지만 딱 하나, 막막한 기분은 조금 나아진 것 같다. 여전히 만만하지는 않지만 도망치고 싶을 만큼 막막하지도 않다.

어떻게든 되겠지.

미래의 나를 믿으며 머리보다 손을 먼저 움직일 때 나는 내가 비로소 '쓰는 사람'이 되었다고 느낀다. 그러니 일단 쓰자. 쓰는 사람이 되려면 쓰는 수밖에 없다.

나를 이기는 사람

요즘 가장 멋지다고 생각하는 건 좋은 습관을 지닌 사람이다. '너 참 독하다.' 살면서 단 한 번도 그런 말을 들어 본 적 없다. 그건 내가 나를 이겨 본 적 없다는 뜻일지도 모르겠다. '사방이 적인 이 험한 세상에서 꼭 나까지 나를 이겨야겠어? 그냥 좀 지면 어때.' 오랫동안 그렇게 생각하며 살아왔다. 그러는 동안 나를 이긴 건 이런 것들이었다. 게으름, 무기력, 나태와 권태. 그런 것들이 한 걸음씩 차근차근 삶을 더 나쁜 쪽으로 움직였다.

좋은 습관을 지니기 위해 애쓰고 있다. 자기 전에 핸드폰을 너무 오래 보지 않으려고 한다. 매일 유산균과 비타민을 챙겨 먹고 아무리 귀찮아도 화장실 청소는 미루지 않는다. 꾸준히 운동을 하는 건 너무 어려운 일이라서 매번 실패하는 중이지만. 살면서 한 번쯤은 나를 이겨 보고 싶다. 자꾸만 나쁜 쪽으로 가려고 하는 나를 어떻게든 이겨서 좋은 쪽으로 데려가고 싶다.

무언가를 꾸준히 지속해서 결국 일상으로 만드는 힘은 어디에서 나오는 걸까? 연체동물처럼 흐느적거리며 이 글을 쓰고 있다.

장래희망은 고양이

어떤 시간을 통과하는 일은 어려운 숙제처럼 느껴진
다. 오늘 꼭 처리해야 하는 업무를 보러 은행에 왔는데
대기인수가 23명일 때, 퇴근까지 한 시간쯤 남은 줄 알
았는데 시계를 보니 아직 두 시간 반이나 남았을 때, 지
루하고 불편한 자리에 병풍처럼 앉아있어야 할 때. 그
럴 때면 이 세계 바깥의 나를 상상한다. 상상에 몰입하
다 보면 현실이 조금 흐릿해지기도 한다. 이곳에서 불
가능한 많은 것이 그곳에서는 가능하다. 닿을 수 없지
만 그릴 수는 있는 곳. 아무런 힘도 없지만 그래서 가장
안전한 곳. 나의 현실은 늘 상상의 세계에 빚지고 있다.

    누군가 장래희망을 물으면 대답한다. "제 장래희망
은 고양이예요", 그러면 상대는 재미있다는 듯 킥킥 웃
는다. 하지만 나는 정말 고양이가 되고 싶다. 이왕이면
부잣집 외동 고양이. 해가 중천에 뜰 때까지 자다 일어
나 깨끗한 물을 마시고 창밖에 놀러 온 까치를 구경한
다. 졸리면 자고, 배고프면 먹는 단순한 삶. 누군가를
미워해도 나쁜 마음은 먹지 않고, 너무 많은 것을 해치
지 않는 삶. 조그맣고 말랑한 발바닥 아래 세계를 놓는
삶. 인간으로 사는 일이 낯설게 느껴질 때마다 나는 고
양이로 사는 상상을 한다.

뭐가 되고 싶었어?

무더위가 한풀 꺾일 때쯤이면 생각나는 영화가 있다. 비바람이 몰아치는 밤 이불 속에서 혼자 보기 좋은 영화. 〈태풍이 지나가고〉의 주인공 료타는 과거의 영광을 잊지 못하고 유명 작가를 꿈꾸는 남자다. 문학상을 받으며 화려하게 데뷔했지만 그 뒤로 단 한 작품도 완성하지 못한 소설가. 능력도 없고 경제관념도 희박하며 도박까지 하는 료타는 결국 이혼을 당한다. 영화에서 가장 마음이 쓰이는 캐릭터는 료타의 아들 신고다. 너무 일찍 철이 들어버린 신고는 아빠보다 훨씬 어른스러운 초등학생이다. 태풍이 시작되고 비바람이 몰아치는 밤, 함께 놀이터에 간 료타와 신고는 꿈에 대해 이야기한다.

"아빠는 뭐가 되고 싶었어? 되고 싶은 사람이 됐어?"

아빠 같은 어른이 되고 싶지 않은 신고는 야구 선수 대신 공무원을 꿈꾼다. 꿈만 알고 현실은 모르는 아빠가 밉지만 그럼에도 다시 예전처럼 함께 지내고 싶은 마음. 그 마음에 대해 생각할 때마다 나는 조금 울고 싶은 기분이 된다.

어떤 친구들은 질색했지만 나는 장래희망을 묻는 어른들이 좋았다. 피아니스트, 선생님, 영화 미술감독,

마술사, 요리사. 달이 차고 기울듯 끊임없이 바뀌는 장래희망 중 어떤 것을 말할지 고민하는 시간. 그건 꼭 조커 두 장을 손에 쥐고 하는 카드 게임 같았다. 무엇이든 가능할 것 같았고, 아마도 확실히 이길 것 같다는 예감에 사로잡혀 있었던 그때의 나는 아직 세상이 두렵지 않았다.

　고등학교 2학년 겨울방학을 앞두고 돈 때문에 입시미술을 그만뒀던 날. 이제 더는 쓸모없는 무거운 미술 도구를 바리바리 싸 들고 마을버스를 기다리던 그 겨울밤. 오지 않는 버스를 기다리며 내게 꿈을 물었던 어른들을 조금 미워했다. '그래서 지금은 뭐가 되고 싶어?' 이제 내게 이런 질문을 하는 사람은 아무도 없다.

나는 나의 우주에서 길을 헤매는 사람

혼자 살기 시작한 지 두 달이 다 되어 간다. 새집에서
의 생활도 이제 제법 익숙해졌다. 주말에는 버스를 타
고 강을 건너 가족들이 사는 집에 다녀왔다. 본가라는
단어는 아직 낯설고 어색해서 이쪽 집도 저쪽 집도 그
냥 집이라고 부른다. 처음 한 달 동안은 여기서도 저기
서도 마음이 편하지 않아서 집 없는 사람이 된 기분이
었다. 마음 붙일 곳이 없을 때는 왜 세상이 더 크게 느
껴지는 걸까. 가족들이 사는 집에서 두 밤을 자고 오
늘 아침 이쪽 집으로 돌아왔을 때, 두 달 만에 처음으
로 '아, 집이다!' 하는 안도감이 들었다. 그게 왠지 감격
스러워서 가만히 앉아 여섯 평짜리 방을 구석구석 둘
러보았다. 서른, 그토록 꿈꿔왔던 자기만의 방이 생겼
다. 이 방에 있을 때만큼은 나만의 우주가 세상보다 크
게 느껴진다.

밥을 다 먹고 나면 식탁을 정리한다. 설거지를 끝
내고 고개를 돌리면 조금 전까지 식탁이었던 둥근 테
이블은 책상이 된다. 계란찜과 오이지무침이 놓여있던
자리에 노트북을 펼쳐 놓고 글을 쓴다, 라고 문장을 끝
낼 수 없다. 쓰려고 애쓰지만 쓰지 못한다. 시작은 했으
나 끝은 내지 못한 글만 차곡차곡 쌓여 가는 나의 작고
낡은 노트북. 길을 잃어버린 것 같은 기분이 든다. 귀한

쌀로 밥을 지어 먹고 나는 매일 성실하게 실패한다. 요즘의 나는 길을 헤매는 사람. 손에 닿을 듯 가까워 보였던 목적지가 자꾸만 흐릿해진다.

용기의 문장

한 남자가 있다. 그의 이름은 굴드. 어느 날 그는 오래
전부터 구상해 왔던 소설을 쓰기로 결심한다. 비장한
각오로 펜을 든 굴드는 첫 문장을 고민한다. 하지만 몇
시간이 지나도록 아무것도 쓰지 못한다. 완벽한 첫 문
장을 써야 한다는 압박에 시달리던 그는 한 가지 묘책
을 떠올린다. 첫 문장을 쓸 수 없다면 두 번째 문장부
터 쓰면 되는 것이다! 굴드는 자신의 천재적인 아이디
어에 감탄하며 첫 문장을 (...)으로 대신하기로 한다. 하
지만 다시 고민이 시작된다. 첫 문장이 없다면 독자는
두 번째 문장을 첫 문장이라고 생각할 텐데... 결국 굴
드는 두 번째 문장도 (...)으로 대신한다. 하지만 두 번
째 문장이 없다면 독자는 세 번째 문장을... 그리하여
결국 그는 이런 소설을 완성하고 단 하루 만에 소설가
가 된다.

"(...) (...) (...) (...) (...) (...) (...) (...) (...) (...) (...) (...)
(...) (...) (...) (...) (...) (...) (...) (...)"

코미디 같지만 어딘가 씁쓸한 이 이야기는 베르나
르 키리니의 《첫 문장 못 쓰는 남자》에 수록된 단편소
설이다. 도대체 첫 문장이 뭐길래 이런 소설까지 나온
걸까? 굴드를 향해 짠한 웃음을 보내고 원고를 쓰기 위
해 노트북을 펼친다. 그리고 잠시 고민의 시간.

(침묵...) 아, 굴드도 이런 마음이었을까?

사실 나는 첫 문장보다 마지막 문장을 어려워하는 타입이다. 그럼에도 늘 마지막 문장보다 첫 문장을 쓸 때 더 큰 결심이 필요한 건 어째서일까. 굴드 씨에게는 미안하지만 그처럼 되지 않기 위해 글쓰기 규칙을 정해보았다.

1. 후다닥 쓰기
2. 대충 쓰기
3. 되는대로 쓰기

어쩌면 첫 문장은 용기일지도 모르겠다. 그리고 용기는 오래 고민할수록 멀어지는 것 같다.

도토리 같은 메모

글감이 떠오르지 않는 날에는 핸드폰 메모장을 뒤진다. 욕심 많은 다람쥐가 악착같이 모아 놓은 도토리처럼 언젠가 쓰다 만 문장들이 수두룩하다. 까맣게 잊고 살았는데 어떤 문장은 시간이 흐르는 동안 알아서 자라 있다. 이제 막 뿌리를 내리고 싹을 틔운 메모를 골라 물을 주듯 천천히 관심을 준다. 영어 유치원 보조 교사로 일했을 때 썼던 한 문장짜리 일기에 눈길이 간다.

2020년 5월 6일 수요일
나의 세계가 6층짜리 건물 하나로 축소된 것 같다.

현실의 나와 너무도 거리가 먼 자기소개서와 현실의 나에서 단 한 발짝도 벗어날 수 없는 이력서를 번갈아 쓰고 고치며 생각했다. 취직을 하면, 그러니까 취직만 하면 내 인생도 달라질 거라고. 출근, 월급, 동료, 저축, 재테크, 모임, 경조사, 여름휴가, 황금연휴, 보너스... 내 삶에도 그런 것들이 생길 거라고, 그런 식으로 나의 세계도 확장될 거라고 믿었다. 하지만 막상 취직을 하니 잘 모르겠다. 요즘의 나는 생각도 기분도 없이 사는데, 내가 그런 상태라는 사실을 자각조차 하지 못할 때가 더 많다. 일하는 동안에는 돌봐야 하는 아이들을 미워하고, 퇴근길에는 오늘도 아이들을 미워한 나를 미워한다. 밤비반 지오는 말했다.

"아프면 좋아요. 유치원 안 와도 되잖아요."

이제 겨우 여섯 살이 된 아이들이 아홉 시부터 여섯 시까지 온종일 공부를 한다.

"영어도 재미없고 코딩도 재미없어요. 유치원 오기 싫어요."

선생님도 사실 영어 유치원이 싫어, 지오야. 나의 세계가 6층짜리 건물 하나로 축소된 것 같아.

습관의 힘

관성을 깨는 일은 누구에게나 어렵다. 매일 노트북을
열고 짧은 글을 쓰는 일이 나는 아직도 익숙해지지 않
은 것 같다. 그래도 계속하기 위해 주문을 외우듯 다짐
한다. 가벼운 마음으로 쓰자고. 좋은 글을 쓰고 싶다는
소망, 가장 적확한 단어들을 조합해 근사한 문장을 만
들 거라는 욕심, 어쩌면 여기 쓰인 글이 책이 될지도
모른다는 기대. 매일 밤 그런 마음들을 내려놓는 연습
을 하고 있다.

어떤 일을 습관으로 만들기 위해서는 얼마만큼의
시간이 필요할까? 보통의 사람들에게 필요한 시간은 3
주, 21일이라고 한다. 그렇다면 21일은 과연 얼마나 긴
시간일까. 504시간. 30,240분. 1,814,400초. 63끼의
식사, 6편의 주말드라마. 그리고 한 번의 보름달. 3주
는 분명 아득할 만큼 긴 시간은 아니다. 언제 시작하더
라도 달력 두 장을 넘지 않는 시간. 하지만 그 시간 동
안 꾸준히 어떤 일을 계속하는 것은 자주 아득하게 느
껴진다. 그게 익숙하지 않은 일이라면 더더욱.

아침에 일어나 양치를 하고 나면 제일 먼저 미지
근한 물을 한 컵 마신다. 따뜻한 물은 입에 대지도 않
고 무조건 이가 시릴 정도로 차갑게 마셨었는데, 몇 달

째 생리를 하지 않아 찾아간 여성의원에서 다낭성난
소증후군이 의심된다는 말을 듣고 충격에 빠져 인터
넷으로 온갖 정보를 찾아보다가 무조건 몸을 따뜻하
게 해야 한다는 경험자의 글을 봤다. 어쩌겠어, 먼저
겪어 본 사람이 하라는 대로 해야지. 미지근한 물은 비
리고 밍밍하다. 꼭 누군가의 입속에 한번 들어갔다 나
온 물 같다. 그래도 아직 살아갈 날이 까마득해서, 벌
써부터 아프기엔 아직 너무 젊어서. 기분 나쁘게 미지
근한 물을 꾸역꾸역 마신다. 건강을 위해 싫어하는 일
을 습관으로 만드는 것. 오래 미뤄둔 숙제를 이제야 시
작한 기분이다.

애국가 3절

이런 고민을 한다. 나는 왜 이렇게 평범할까? 다른 사람들은 삶에서 글감을 잘만 건져 올리는데 내 바다는 왜 이렇게 좁고 얕을까. 소재를 찾기 위해 머리를 쥐어뜯다가 풍부한 경험을 가진 사람들을 부러워한다. 그들에 비하면 나는 너무나 보통의 인간이라서. 특별한 서사를 가진 사람이 아니라도 좋은 글을 쓸 수 있을까. 평범한 삶도 고유한 이야기가 될 수 있을까.

아홉 살 무렵 나의 가장 큰 걱정은 애국가 시험이었다. 우리 반 담임은 무섭기로 전교에 소문이 자자했다. 시험에 통과하지 못하면 선생님이 기다란 막대기로 손바닥을 때릴 게 분명했다. 바닥에 둘러앉아 공기놀이를 하다가도, 급식을 먹다가도, 문방구에서 백 원짜리 불량식품을 고르다가도 애국가를 중얼거렸다. 3절, 언제나 3절이 문제였다.

긴장해서 배가 살살 아프기까지 했던 시험 당일, 내 차례가 되어 교탁 앞으로 나갔다. 3절에 가까워질수록 불안해졌다. 가을 하늘 공활한데 높고 구름 없이... 그 다음은 뭐였더라? '생각이 안 나면 나를 봐', 단짝 친구의 말이 떠올라 고개를 들었다. 몰래 손가락으로 보름달 모양을 만드는 그 애의 얼굴이 보였다.

오늘의 식탁

식생활은 아주 많은 것을 말해준다. 무엇을 먹는지, 어떻게 먹는지, 언제 먹는지, 어디에서 먹는지, 누구와 먹는지. 무엇을 먹지 않는지, 무엇을 먹으려고 노력하는지. 무엇을 먹을 수 없는지, 무엇을 먹어야만 하는지. 그런 정보들은 모여서 결국 한 사람의 삶이 된다. 그래서 나는 먹는 얘기가 좋다. 식탁 위로 펼쳐지는 다양한 삶의 모습을 구경하는 게 즐겁다.

얼마 전 아주 획기적인 아이템을 구입했다. 된장찌개용 채소믹스. 대파, 양파, 무, 표고버섯, 애호박, 감자, 홍고추를 먹기 좋은 크기로 썰어 급속 냉동한 제품인데 모든 재료가 국산이다. 아르바이트를 하던 중 무려 50퍼센트나 세일하는 걸 발견하고 퇴근길에 두 봉지 샀다. 일주일에 한 번씩 끓여 차갑게 보관하는 육수에 된장을 풀고 채소믹스를 한 줌 넣는다. 고춧가루 한 티스푼, 다진 마늘 한 티스푼, 청양고추 한 개. 팔팔 끓을 때까지 기다리면 라면보다 쉬운 된장찌개가 완성된다. 처음 자취를 시작했을 때만 해도 1인 가구에게 찌개는 사치라고 생각했는데 이제는 찌개도 끓여 먹고 전도 부쳐 먹는다. 혼자라는 이유로 머뭇거리지 않는 뿌듯하고 든든한 나의 식탁.

내가 맡은 냄새

내가 사는 오피스텔 주민의 대부분은 20~30대 청년이다. 그래서인지 저녁 시간만 되면 끊임없이 배달 오는 소리가 들린다. 이 건물은 뭐랄까, 집이라기보다 숙소 같은 느낌이다. 좋게 말하면 깔끔하고 나쁘게 말하면 삭막하다. 하지만 우리 층에 딱 하나, 살림집 분위기가 나는 호실이 있다. 엘리베이터 바로 앞에 있는 그 집에는 경상도 사투리를 쓰는 노부부가 산다. 현관 앞에 내놓은 감자 박스와 핸드카트, 뭔지는 잘 모르겠지만 어마어마하게 싱싱해 보이는 채소 한 단. 그런 것들을 볼 때마다 생각한다. 그래, 맞아. 기숙사 같은 이곳도 가정집이지. 아닌 것 같아도 현관문 안쪽에서는 모두 각자의 살림을 하고 있겠지.

노부부의 집에서는 자주 맛있는 냄새가 난다. 무언가 매콤한 걸 볶는 냄새, 생선이나 고기를 굽는 냄새, 김치찌개 냄새, 밥 짓는 냄새. 엘리베이터를 기다리며 코를 킁킁대고, 목소리가 우렁찬 할머니와 과묵한 할아버지의 식탁을 상상한다. 조금 이상한 말일지도 모르겠지만 그 냄새가 없었다면 나는 이 건물에 정을 붙이지 못했을지도 모른다. 같은 층 이웃들이 너무 양아치 같아서 잔뜩 쫄아있었던 자취 초반, 남의 집에서 흘러나오는 음식 냄새는 안심의 냄새이기도 했다.

후각은 가장 빨리 둔해지는 감각이다. 그래서 다행이라는 생각이 들 때가 있다. 눈은 감을 수 있고, 귀는 막을 수 있지만 코는 그럴 수 없으니까. 숨을 쉬려면 지금 내가 있는 곳의 냄새를 맡아야만 한다.

퇴근하고 돌아와 씻을 준비를 하면 벗어 놓은 옷가지에서 단내가 난다. 여덟 시간 동안 파인애플을 썰다 온 티를 이렇게 낸다. 대형마트 청과코너에서 파인애플 시식 아르바이트를 시작한 지 한 달이 조금 지났다. 처음에는 달콤한 냄새가 좋았는데 이제는 질려버렸다.

"버섯 볶는 냄새가 나한테는 돈 냄새야, 돈 냄새."

맞은편 버섯 언니는 새송이버섯을 볶으며 이렇게 말했다. 그 말을 들으며 세상에 존재하는 수많은 돈 냄새를 생각했다. 병원 냄새, 버스 냄새, 학교 냄새, 생선 냄새, 사무실 냄새, 책 냄새, 만두 냄새, 흙냄새, 쓰레기 냄새, 동물 냄새, 빵 냄새, 바다 냄새... 원하든 원하지 않든 맡을 수밖에 없는 밥벌이의 냄새. 파인애플을 썰며 돈 냄새를 다시 배운다.

오늘 버린 것

우리 오피스텔은 일주일에 한 번, 목요일마다 분리수거를 한다. 오후 네 시가 되면 1층 주차장을 비우고 엄청나게 커다란 마대를 여러 개 펼쳐 놓는다. 다음 날 오전 아홉 시까지 쓰레기는 계속해서 쏟아져 나온다. 집마다 뭘 그렇게 많이들 버리는 걸까. 이렇게 말하지만 일주일 동안 우리 집에서 나오는 쓰레기만 해도 어마어마하다.

오늘만 해도 많은 걸 버렸다. 아침 대신 먹은 두유 팩, 키위 껍질, 목이 너무 늘어나서 더는 집에서도 입지 못할 티셔츠, 다시마와 함께 끓여 국물을 낸 멸치, 아이스크림 막대, 새로 산 핸드폰 충전기 포장지. 이 지구에서 인간으로 산다는 건 어쩔 수 없이 무수한 쓰레기를 만들어내는 일인 것 같다.

오래된 미숫가루를 버렸다. 냉동실에 일 년 넘게 보관한 곡물 가공품을 먹고 식중독에 걸려 일가족이 사망하고 말았다는 해외 뉴스를 보자마자 곧바로. 6평짜리 원룸에 빌트인으로 딸린 냉장고는 아무리 생각해도 이해할 수 없는 구조다. 냉장실과 냉동실의 비율이 5:5가 아닌 7:3이다. 혼자 사는 사람에게 냉동식품이 얼마나 중요한지 모르는 사람이 설계한 걸까? 덕분에 언제나 일주일 안에 먹을 만큼만 장을 보게 된다. 아주 큰 냉장고에 아주 많은 음식을 채워 놓고 아주 많은 음식물 쓰레기를 버리는 삶보다는 물론 낫지만. 냉동실에 너무 오래 있어 딱딱하게 굳은 미숫가루는 음식이 아니라 모래 같았다. '그러게 부지런히 좀 먹지 그랬어!' 이 미숫가루를 만든 사람이 나를 원망하는 상상을 했다. 내일은 냉장고에 가득 있는 볶은 콩을 먹어야겠다.

사운드 오브 사운드

학교에 다닐 때 '영화 사운드의 이해'라는 수업을 들은 적이 있다. 흔히 시각 예술이라고 생각하는 영화가 사실 청각에 얼마나 의지하고 있는지 배우는 수업이었다. 소리의 중요성을 확실하게 알 수 있었던 건 공포영화를 이용한 실험에서. 음소거 버튼을 누르고 공포영화를 보면 공포의 강도가 절반 이상 하락한다. 거기에 짱구 만화 배경음악을 입히면 그 영화는 이제 더 이상 공포영화가 아닌 것처럼 느껴진다. 인간은 평소에는 시각에 가장 많이 의존하지만 돌발 상황에서는 청각을 적극적으로 사용한다. 동물의 세계도 비슷하다. 포식자를 피해 달아날 일이 많은 동물일수록 청력이 뛰어나다. 큰 귀를 가진 토끼처럼. 이쯤 되면 청각은 위험을 감지하는 감각일지도 모르겠다. 오감 중 가장 먼저 생겨서 가장 마지막까지 남아있는 감각도 청각이라고 한다. 그래서 사람들은 아직 태어나지 않은 아이에게 열심히 말을 걸고, 고인을 위해 장례식장에서 좋은 말을 해주나 보다.

처음에는 강아지가 낑낑거리는 줄 알았다. 그런데 계속 듣다 보니 이건 설마... 큰맘 먹고 입주한 오피스텔은 내가 생각했던 것보다 훨씬 더 방음에 취약했다.

윗집에는 활어처럼 팔딱거리는 초등학생 남자아이가, 아랫집에는 사흘에 한 번씩 죽일 듯이 싸우는 부부가 사는 아파트에서 버티는 동안 웬만한 층간소음은 다 겪었다고 생각했는데. 오피스텔에 입주하고 나서야 층간소음보다 무서운 벽간소음의 존재를 알게 되었다.

혈기 넘치는 옆집 커플의 신음을 들으며 층간소음 피해자 모임 카페에 가입했다. 그곳에 올라온 나 같은 사람들의 하소연을 읽느라 새벽까지 잠들지 못했다. 이 좁은 땅에 사람이 너무 많다는 생각이 든다. 그래서 어쩔 수 없이 집은 거대한 닭장이 되고, 자꾸만 서로 침범하게 되고, 이웃을 미워하게 되고, 사람이 사람을 미워하는 세상에서도 저토록 열심히 사랑을 하는 옆집 커플이 좀 짠하게 느껴지고, 하지만 저들이 하루 빨리 헤어져야 내 밤이 평온해질 텐데... 아, 이럴 땐 정말이지 산속에 들어가서 살고 싶다.

취향이 다른 취향

글을 쓰고 책을 내면서 종종 미팅이라는 것을 하게 되었다. 모두 그런 건 아니겠지만 출판 편집자들은 대체로 스몰토크에 능숙한 것 같다. 아무래도 다양한 사람을 자주 만나기 때문일까? 스몰토크, 본론으로 들어가기 전에 나누는 가벼운 담소. 적당한 주제를 꺼내 편안하고 화기애애한 분위기를 형성한 뒤 자연스럽게 본론으로 넘어가는 사람들을 보면 그저 감탄밖에 나오지 않는다. 나는 정말이지 스몰토크가 너무너무 어렵기 때문이다. 빅토크(?)보다 스몰토크가 더 어렵다는 내 말에 어떤 사람은 한 가지 팁을 공유해주었다.

"그럴 때는 가벼운 취향 이야기를 해보세요!"

그 뒤로 스몰토크를 주도해야 하는 상황이 오면 취향 이야기를 꺼낸다. 카페에 가면 주로 아메리카노를 마시는지 라테를 마시는지, 아침형 인간인지 저녁형 인간인지, 한식·일식·중식 중 어떤 걸 제일 좋아하는지, 책이나 영화 취향은 무엇인지, 좋아하는 가수는 누구인지. 날씨 이야기보다는 덜 어색하게 대화가 이어지는 걸 보면 꽤 괜찮은 방법인 것 같다.

나는 친구를 사귀는 걸 어려워하는 아이였다. 여럿이 노는 것보다 혼자 노는 게 더 즐거웠지만 그렇다고 해서 혼자 다닐 용기는 없었다. 친구를 만들기 위해 내가 했던 노력 중 하나는 취향을 속이는 것이었다. 별로 관심 없는 아이돌을 좋아하는 척, 순대를 좋아하는 척, 남자친구를 만들고 싶은 척, 나이키 운동화를 가지고 싶은 척, 체육 시간을 좋아하는 척... 취향이 같아야만 친구가 될 수 있다고 생각했던 그때의 나.

학교를 졸업하고 사회인이 되니 친구를 만들기 위해 필사적으로 노력하지 않아도 됐다. 그 압박감에서 벗어나니 오히려 진짜 친구들이 생겼다. 여행을 좋아하지 않는 나와 여행을 다니기 위해 직장생활을 하는 짤랑이, 쌀국수를 좋아하는 나와 면 요리를 좋아하지 않는 듀듀, 술도 술자리도 질색하는 나와 술은 못해도 술자리의 분위기는 좋아하는 둘리. 나를 버리지 않은 채로 우리가 될 수 있다는 건 정말 멋진 일이다. 취향이 다른 친구들을 통해 내가 알지 못하는 세계를 만난다.

구체적인 사랑의 말

서점에 가서 새로 나온 책들을 둘러보다가 "어!" 하고 놀라는 순간이 있다. 좋아하는 작가의 신간에 또 다른 좋아하는 작가가 추천사를 쓴 것을 발견했을 때. 어떤 추천사는 너무 아름다워서 그 책을 제대로 펼쳐보기도 전에 사랑에 빠지게 만든다. 구체적인 사랑의 말. 진심이 느껴지는 추천사를 나는 그렇게 부른다. 무언가를 사랑할 때 사람은 말이 많아진다. 그게 왜 좋은지, 어떻게 좋은지, 얼마나 좋은지 자꾸만 이야기하고 싶어지니까. 들뜬 표정을 숨기지 못하고 좋아하는 것에 대해 이야기하는 사람을 볼 때면 덩달아 기분이 좋아지곤 한다. 그 마음이 무척이나 귀하게 느껴져서. 그래서 오늘은 나도 추천사를 써본다. 몹시 사랑하는 영화 〈벌새〉에 대한 이야기다.

에세이를 쓰는 일이 문득 무용하게 느껴지는 순간이 있다. 세계는 너무 크고 나는 너무 작다는 걸 실감할 때. 세상을 흔들어 놓은 위대한 이야기에 기가 죽어 내가 가진 이야기의 가치를 의심하게 될 때. 그럴 때면 영화 〈벌새〉를 다시 본다. 지극히 개인적인 서사가 가장 보편적인 기억을 건드리는 마법. 주인공 은희는 내게 아주 작은 이야기의 확장 가능성을 약속해준다. 세계는 너무 크고 나는 너무 작지만. 그래서 세계는 할 수 없고 나는 할 수 있는 이야기가 있다는 믿음을 준다. 이미 은희의 시절도, 영지 선생님의 시절도 다 지나버린 내가 〈벌새〉를 볼 때면 다시 열다섯 중학생이 된다.

거짓말 같은 현실

올해 초부터 계속 수영장에 가지 못하고 있다. 다음 주면 상황이 좀 나아지겠지, 다음 달이면 갈 수 있겠지. 희망의 끈을 놓지 않았지만 결국 이렇게 마스크를 쓴 채로 여름을 맞게 되었다. 휴가 때 언니와 삼척에 가서 바다 수영을 하려던 계획도 무산되었다. 바다를 생각하면 교복 입던 시절의 내가 떠오른다. 그땐 정말 바다가 지긋지긋했었지. 비린내 진동하는 바닷가 마을만 아니라면 어디로든 떠날 수 있을 것 같았다. 이제 거기내가 아는 사람은 아무도 없다. 아무도 없지만 바다가 있고, 나는 가장 미워했던 것을 가장 오래 그리워한다.

오늘의 글에는 진실과 거짓이 뒤죽박죽 섞여있다. 이렇게 마구잡이로 섞어 놓으면 거짓도 진실 같고 진실도 거짓 같다. 모래와 소금을 섞어 놓은 것처럼. 솔직히 고백하면 나는 거짓말을 잘한다. 잘하고, 자주 한다. 글쓰기에도 거짓말이 필요한 순간이 있다. 거짓말은 감칠맛을 내는 조미료가 되기도 하고, 상상을 더해 나를 새로운 세계로 데려가기도 한다. 일기로 시작한 글이 소설로 끝나는 순간을 나는 좋아한다.

꿈보다 아득한

세상에서 가장 사적인 경험은 꿈이다. 꿈은 오직 나만의 것. 어느 누구와도 함께할 수 없으니까. 꿈 일기를 쓸 때면 기분이 묘하다. 나만 아는 이야기를 모두가 아는 언어로 옮기는 작업이라서.

꿈에 류가 나왔다. 언제나처럼 떡볶이를 먹고 노래방에 갔다가 카페에서 오래 수다를 떨었다. 그게 꿈이라는 걸 꿈속에서도 어렴풋이 알았던 것 같다. 하지만 알면서도 모른 척 류와 함께 웃고 떠들었다. 13년을 함께한 친구가 삶에서 빠져나갔는데 아무것도 달라진 게 없다. 류는 알까? 우리가 왜 이렇게 됐는지. 이유는 딱히 없는데, 없으면서 너무 많다. 내게 왔던 우정은 자꾸만 꿈처럼 끝나버린다. 꿈에서 우리는 교복을 입고 있었다. 가끔은 그 시절이 꿈보다 아득하게 느껴진다.

불안을 쓰는 마음

한여름 같은 날이었다. 여덟 시가 다 되었는데도 창밖이 환해서 아직 하루를 마무리하면 안 될 것 같은 기분이 들었다. 겨울을 사랑하는 나에게 여름은 지루하고 막막한 계절이다. 올해는 마스크까지 쓴 채로 무더위를 견뎌야 할 텐데 어쩌나. 차가운 보리차를 들이키며 생각했다. 하지만 여름이 오기만을 손꼽아 기다린 사람도 있겠지. '어떤 현상이나 사건을 접했을 때 마음에서 일어나는 느낌이나 기분'을 감정이라고 한다. 같은 일을 겪어도 모두 다른 감정을 느끼기 때문에 사람들은 계속해서 글을 읽고 쓰는 걸지도 모르겠다.

광고 마케터로 이직해 일을 시작하며 주영이 다짐했던 건 딱 하나였다. 소비자의 불안감을 이용한 마케팅은 하지 않는다. 너만 빼고 이거 다 있어, 너만 빼고 여기 다 가 봤어, 너만 빼고 이거 다 먹어 봤어, 너만 빼고... 그런 식으로 사람들의 마음을 떠미는 건 반칙이라고 생각했다. 언젠가 회식 자리에서 그런 이야기를 꺼냈을 때, 테이블 끝에 앉아 냉채족발에서 해파리를 골라내던 입사 동기 재윤이 했던 말을 주영은 아직 기억한다.

"그런데요. 주영 씨, 우리 지금 이 족발 그렇게 번

돈으로 사 먹는 거 알고는 있죠? 가만 보면 주영 씨는 본인이 되게 정의롭다고 생각하는 것 같아."

그 말을 들으며 느꼈던 감정이 무엇이었는지, 주영은 그것에 대해 아주 오랫동안 생각해야 했다.

재윤이 맡은 프로젝트를 모두 성공적으로 마무리하며 마케팅팀의 입지를 단단히 굳히는 동안 주영은 단 하나의 프로젝트에서조차 이렇다 할 성과를 내지 못했다. '나만 빼고.' 나 지금 불안한 건가, 커피믹스를 뜯으며 주영은 쓰게 웃었다.

좋아하는 맛

나는 말이 없는 편이다. 생각해보면 원래부터 조용했던 건 아니다. 어린 시절 이모가 지어준 내 별명은 라디오였다. 한시도 쉬지 않고 좋알거려서 꼭 라디오를 틀어 놓은 것 같았다고. 그때 너무 많은 말을 쏟아내서일까? 자라면서 점점 말수가 줄더니 고등학교를 졸업할 무렵에는 반에서 가장 조용한 아이가 되었다. 하지만 이런 나도 수다스러워질 때가 있다. 좋아하는 것에 대해 말할 때. 어색한 사람 앞에서 낯을 가리다가도 좋아하는 게 비슷하다는 사실을 알게 되면 금세 가까워져 신나게 떠든다. 무언가를 좋아하면 사람은 왜 말이 많아지는 걸까?

요즘 내가 빠져있는 건 땅콩버터잼이야. 스머커즈 구버라는 미국 잼인데 동그란 유리병에 땅콩버터와 포도잼이 세로로 한 줄씩 채워져 있어. 어릴 때 엄마랑 마트에 가면 빵 진열대 옆에 항상 그 잼이 있었던 기억이 나. 늘 봤지만 한 번도 먹고 싶다는 생각은 안 했었는데 얼마 전 좋아하는 유튜버가 빵에 그걸 발라 먹는걸 본 뒤로 못 견디게 먹고 싶어졌지 뭐야. 한 번도 먹어 본 적 없는 음식이 어느 날 갑자기 사무치게 그리워질 때가 있지 않아? 개똥도 약에 쓰려면 없다더니, 막

상 사려고 하니까 어디에서도 팔지를 않아서 구하느라
고생 좀 했어. 땅콩버터와 포도잼을 골고루 떠서 식빵
위에 듬뿍 발라 한입 크게 베어 물면 달고 짜고 고소하
고 상큼한 맛이 동시에 느껴지는데, 모든 맛이 풍부해
서 굉장히 사치스러운 음식을 먹고 있는 것 같아. 미국
의 맛, 이 말보다 더 정확한 표현은 없지 않을까. 그런
데 사실 나는 미국에 가 본 적이 없어. 알지 못하는 맛
을 그리워하고 가 본 적 없는 곳을 추억할 때면 전생이
란 게 정말로 있는 것만 같아.

비밀은 아니지만 말할 수 없는

"있잖아, 이건 비밀인데…"

이런 말을 들으면 걷잡을 수 없이 가슴이 두근거리던 때가 있었다. 학원 끝나고 500원짜리 컵볶이 사 먹는 게 삶의 큰 기쁨이던 초등학교 시절. 그때 우리를 설레게 했던 건 비밀 이야기였다. 고학년이 되자 친한 친구들끼리 교환일기를 쓰는 게 유행했다. 눈물을 머금고 컵볶이를 일곱 번쯤 참아서 나도 드디어 자물쇠 달린 일기장을 샀다. 그 일기장에 단짝 친구와 교환일기를 썼다. 일기의 내용은 주로 비밀 이야기였다. 지혜랑 서영이랑 싸웠는데 누구 편을 들어야 할지 모르겠다, 빼빼로데이에 지호한테 빼빼로를 받았다, 영어학원 단어 시험에서 커닝을 했는데 아무래도 선생님한테 들킨 것 같다는 내용. 지금 생각해보면 너무 사소해서 귀여울 정도지만 그때는 그런 이야기들이 세계의 비밀보다 중요했다.

엄마는 모르는 이야기를 공유하는 동안 우리는 하루하루 어린이에서 청소년이 되어갔다. 그리고 더 이상 교환일기 같은 걸 쓰지 않게 되면서 진짜 비밀이 생기기 시작했다. 부지런히 비밀을 만들고 들키고 당황하면서 배웠다. 비밀을 지키는 유일한 방법은 누구에게도 말하지 않는 것이라는 사실을. 그 깨달음을 티켓처럼 손에 쥐고 조금 더 무거운 비밀이 기다리고 있는 어른의 세계에 입장했다.

　엄마에게 모든 걸 말하지 않게 된 게 언제부터였을까. 일곱 살? 여덟 살? 아니면 열 살? 인생에서 비밀이 없는 시절은 너무 짧고, 완벽한 비밀을 간직하고 사는 시절은 거의 없다. 엄마는 내가 글을 써서 버는 돈이 이렇게까지 적다는 걸 알지 못한다. 기본적인 생활이 가능한 만큼은 버는 척하며, 아르바이트를 하는 건 단순히 내 욕심 때문인 척할 때, 나는 자주 양심의 가책을 느낀다. 말하지 않는 것과 속이는 것은 달라. 이건 누구에게 하는 변명일까? 엄마도 나에게 모든 걸 말하지는 못하겠지. 너무 사랑해서, 더없이 소중해서 숨기고 싶은 것들이 하나씩 늘어난다.

창밖의 풍경

기숙사가 없는 학교에 다녔던 나는 왕복 네 시간이 넘는 거리를 통학했다. 아홉 시 수업을 듣기 위해 일곱 시에 집을 나서야 하는 공포의 통학길. 그게 어떻게 가능했는지 다시 생각해도 놀랍다. 일산에서 출발해 서울역에 도착하면 선택을 해야 했다. 빠르지만 지루한 지하철과 느리지만 창밖을 구경할 수 있는 버스. 시간이 촉박하지 않은 날에는 언제나 버스를 탔다. 서울역에서 502번 버스를 타고 15분쯤 달리다 보면 동작대교에 진입했다. 양옆으로 펼쳐진 한강이 너무 아름다워서 그 다리를 건너는 순간만큼은 행복했다. 내가 가장 좋아했던 창밖의 풍경.

시끄러운 소리가 들려 알람이 울리기 전에 잠에서 깼다. 창밖을 내다보니 맞은편 행정복지센터 건물 옥상에 포클레인이 올라가 있었다. 내가 지금 꿈을 꾸는 건가? 정신을 차리고 자세히 보니 증축 공사 안내문이 눈에 들어왔다. 아침으로 검은콩 두유와 토마토를 먹으며 분주한 공사 현장을 구경했다. 3층짜리 낮은 건물이긴 하지만 아무리 그래도 어떻게 옥상에 포클레인을 올릴 수 있는 걸까? 올라가는 장면은 놓쳤으니 내려가는 장면이라도 봐야겠다고 생각했다. 공사는 늦은 오후까지 이어졌다. 어느 순간 주변이 조용해진 것을 깨달은 내가 다시 창밖을 봤을 때 포클레인은 이미 사라지고 없었다. 세상의 비밀은 이런 식으로 지켜지는 걸지도 모른다.

거울 속의 나

엘리베이터에 타면 사람들은 무엇을 할까? 나는 주로 거울을 본다. 평소 거울을 자주 보는 편이 아닌데 엘리베이터만 타면 이상하게 거울에 시선이 간다.

엘리베이터 거울의 기원은 꽤 유명한 일화로 알려져 있다. 1853년, 승강기 제조사인 오티스는 세계 최초로 안전장치가 달린 엘리베이터를 출시했다. 하지만 속도가 너무 느려 이용자들의 불평이 쏟아졌다. 아직 속도를 개선할 기술이 없었던 오티스사(社)는 꼼수를 쓰기로 한다. 엘리베이터 벽면에 거울을 달아 사람들의 주의를 돌리기로 한 것이다. 처음 이 계획을 발표했을 때는 부정적인 의견이 대다수였다. 하지만 실제로 거울을 달자 속도에 대한 불평이 놀라울 정도로 줄어들었다.

거울은 참 신기한 물체다. 내가 나를 보는 일이 어떤 순간에는 안심이 되고, 또 어떤 순간에는 공포가 된다. 어른이 된 지금도 어린 시절 들었던 거울에 대한 수많은 괴담을 기억한다. 그중에서도 내가 특히 무서워했던 건 화장실 거울에 대한 괴담인데 아직도 한밤중에 양치를 할 때면 거울 속의 내가 현실의 나와 다르게 움직이는 상상을 한다.

아무도 없는 곳에서 거울을 보며 "넌 누구야?"라고

서른 번 물으면 미쳐버린다는 이야기를 들은 적이 있다. 에이, 설마, 그런 게 어디 있어. 초등학교 시절 문방구에서 팔았던 오백 원짜리 괴담집에나 나올 법한 이야기라고 생각했다. 그래서 한번 해 봤다.

"넌 누구야?"

열 번쯤 물었을까. 현실의 내가 거울을 보는 게 아니라 거울 속의 내가 현실의 나를 바라보고 있는 것 같은 느낌이 들었다. 내가 나를 바라보면, 눈을 피하지 않고 끈질기게 시선을 마주하면 세상에서 가장 익숙했던 존재가 문득 낯설어진다. 내가 나라는 자각은 섬뜩하다. 결국 서른 번을 채우지 못했다.

연어력

자랑이라기에는 너무 사소한, 조금은 엉뚱하고 조금은 쓸데없는 나의 장점을 자랑해볼까.

나에게는 아주 특별한 능력이 있다. 사람들과 대화를 하다가 이야기가 옆길로 새서 아무도 원래 무슨 이야기를 하고 있었는지 기억하지 못할 때. 나는 아주 높은 확률로 그 이야기를 기억할 수 있다. 그러니까 일명 연어력(鰱魚力). 연어력을 발휘해 대화의 흐름을 거슬러 올라가 원래 주제를 찾아내면 사람들은 그걸 어떻게 기억하냐며 깜짝 놀라곤 하는데, 겉으로는 태연한 척하지만 속으로는 엄청나게 뿌듯하다. 그런데 정말 나는 그걸 어떻게 기억하는 걸까?

그건 아마 내가 듣는 사람이기 때문일 것이다. 말수가 적은 나는 말하는 것보다 듣는 게 편하고 익숙한데, 말하기만 그런 게 아니라 듣기 역시 하면 할수록 잘하게 된다. 언젠가 이 능력이 큰 도움이 될 때가 있겠지. 말하기는 못해도 듣기는 잘한답니다.

포기할 수 있는 감각

공상이 취미고 망상이 특기인 나는 가끔 말도 안 되는
상상을 한다.

어느 날, 서울의 한 8차선 도로에 엄청난 굉음과
함께 우주선이 착륙한다. 지구를 습격한 외계인이 노
리는 것은 다름 아닌 인간의 오감이다. 뛰어난 지능과
초능력에 비해 감각은 그만큼 발달하지 못했기 때문
이다. 그들은 지구의 모든 인간에게서 감각을 하나씩
빼앗기로 한다. 아무것도 포기할 수 없다고 버티는 인
간을 그대로 납치해 그들의 별로 데려간다. (세상에!)

이런 상상을 할 때마다 나는 미각을 포기해야겠다
고 결심한다. 나에게 미각이란 일종의 보너스다. 생존
이 아닌 생활을 위해 필요한 감각. 만약 재난영화 같은
극한의 상황이 벌어진다면 쓸데없이 미각이 뛰어난 사
람보다 차라리 조금 둔한 사람이 덜 괴롭지 않을까? 다
른 사람들은 과연 무엇을 포기할지 궁금해진다.

가깝고 확실한 행복

앞쪽에서 했던 이야기를 이어서 해볼까. 외계인에게 감각을 빼앗기는 이야기.

미각과 함께 마지막까지 포기할까 말까 고민했던 감각은 촉각이다. 미각보다 촉각을 포기하는 쪽이 조금이라도 손해를 덜 보는 선택인 것 같아서. 하지만 그래도 촉각을 지키기로 했다. 만지는 즐거움. 나에게는 그게 너무나 소중해서.

따끈하고 말랑하고 부드러운 고양이, 빳빳하지만 포근한 호텔 이불, 손끝에 착 감기며 넘어가는 책장, 단단한 고무나무 이파리, 매끈하고 차가운 유리컵. 그런 감촉을 느낄 수 없다면 어떻게 마음의 안정을 찾아야 할까. 하루를 끝내고 침대에 누워 익숙한 이불을 끌어안을 때, 나는 가장 가깝고 확실한 행복을 느낀다.

요즘 가장 자주 입는 옷은 잠옷 겸 실내복인 주황색 반바지다. 정체를 알 수 없는 무늬, 세련된 오렌지색이 아닌 다소 촌스러운 주황색. 언뜻 보면 남성용 트렁크처럼 생긴 이 바지는 이모가 손수 만들어 준 옷이다. 여름이 다가오면 이모는 동대문종합시장에 가서 인견 원단을 떼 온다. 그러고는 부지런히 재봉틀을 돌려 옷을 짓는다. 동생인 우리 엄마에게는 일명 '홈드레스'라 불리는 원피스를, 조카인 나에게는 고무줄 반바지를, 며느리와 손녀에게는 커플 실내복을. 잠옷 취향이 까다로운 나지만 이모가 만들어 준 인견 반바지는 세상에서 제일 편해서 색깔이나 무늬 따위를 따질 생각조차 들지 않는다. 찰랑거리며 피부에 착 감기는 부드럽고 시원한 원단. 두 시간이면 말라 저녁에 빨면 밤에 입을 수 있는 착한 옷. 지금도 세상에 단 하나밖에 없는 바지를 입고 이 글을 쓴다.

주류 or 비주류

내 주량은 맥주 반 캔이다. 엄마를 닮았으면 이 정도는 아니었을 텐데. 이런 건 하필 아빠를 쏙 빼닮았다. 반 캔을 마시면 이마부터 눈, 볼과 귀와 목까지 빨개지고, 한 캔을 다 마시면 열 시간쯤 기절한 것처럼 잔다. 그나마 다행인 건 술도, 술자리도 즐기지 않는다는 것. 그래도 아주 가끔은 혼자 기분 내고 싶은 날이 있다. 그럴 때는 무알콜 맥주를 한 캔 마신다. 술인 것 같지만 진짜 술은 아니고, 탄산음료나 다름없지만 미성년자 판매불가 상품인 이상한 음료. 이쪽에도 저쪽에도 제대로 속하지 못하는 게 꼭 나 같다. 프리랜서지만 일주일에 세 번은 아르바이트를 하러 출근하고, 정해진 시간에 따라 출퇴근을 하지만 4대보험은 가입할 수 없는 나의 이상한 밥벌이. 이제라도 노선을 바꿔 주류의 삶에 편입해야 하는 걸까, 매일 고민한다.

오래된 미움

이건 내가 세상에서 가장 오래 미워한 사람에 대한 글이다. 그리고 지금도 여전히 미워하고 있는 사람.

그 애가 태어나던 밤에는 비가 많이 왔고 나는 딸기가 든 검은 비닐봉지를 든 채 택시에서 내려 병원 안으로 후다닥 뛰어 들어갔는데, 생각해보면 그 장면을 기억하고 있다는 게 조금 이상하게 느껴진다. 그때 나는 고작 만으로 세 살이었는데, 그렇다면 그 기억은 내가 만들어낸 것일지도 모른다. 어떤 사람이 너무 싫으면 그에게서 자신의 모습을 보고 있는 건 아닌지 생각해보아야 한다는 말을 듣고 가장 먼저 그 애를 떠올렸다. 그 애는 내가 싫어하는 나의 모습을 너무 많이 닮았다. 그래서 그 애를 미워하는 일이 거울에 침을 뱉는 일처럼 느껴질 때가 있다. 너는 결국 나처럼 망할 거야, 나를 많이 미워했던 시절에는 그 애를 보며 그런 생각을 했다. 나에게 그 애는 너무 많이 봐서 지겨운 재방송 같다. 채널을 돌려도 계속 같은 방송이 나온다.

살아가는 비용

로또를 열심히 사는 친구가 있다. 편의상 그 친구를 '또또'라고 하자. 또또는 매주 두 게임씩, 지치지도 질리지도 않고 꾸준히 로또를 산다. 그냥 하는 말인지 믿는 구석이 있는지 모르겠지만 언젠가 한 번은 당첨될 것 같다는데 처음에는 비웃었지만 계속 듣다 보니 왠지 정말 그럴 것 같다는 생각이 들기 시작했다. 물론 아직은 본전도 못 찾는 날이 대부분이지만. 로또에 진심인 또또는 당첨된 것도 아니면서 매주 1등 당첨 인원과 실수령액을 확인한다. 지난주 1등은 총 여덟 명, 당첨금은 26억 6755만 4625원이다. (좋겠다...) 1등이 되면 평생 일하지 않아도 먹고살 수 있을까. 인간이 인간답게 살아가려면 도대체 얼마가 필요한 걸까?

얼마 전, 일 년에 세 번 살까 말까 한 로또를 샀다. 그러니까 이게 다 백종원 때문이다. 꿈에서 나는 그가 운영하는 가게(정확히 어떤 가게였는지는 기억나지 않지만)의 직원이었는데, 일을 너무 잘해서 그의 신임을 받았다. 다른 직원들 모르게 나를 따로 불러 정말 고맙다고, 이렇게 훌륭한 직원을 본 적이 없다고, 앞으로 하는 일마다 다 성공할 거라고 덕담을 쏟아내며 커피를 건네는 그의 얼굴이 참 부유해 보인다는 생각을 하다가 잠에서 깼는데... 시계를 보니 새벽 세 시 반이었고, 방에서 뭐라 말로 표현할 수 없는 신비로운 기운이 느껴졌다. 로또다, 이건 로또야! 혹시나 까먹을까 싶어 지갑에 있던 현금을 꺼내 식탁에 올려놓고 다시 잠들었다. 결과는 꽝, 1등 당첨자 여섯 명은 각각 34억 1790만 4500원을 받는다고 한다. 34억 1790만 4500원, 그 돈만 있으면 건강 말고 다른 건 아무것도 욕심내지 않고 평생 살 수 있을 것 같은데. 하지만 아직 실망하긴 이르지, 나에게는 로또와 함께 산 연금복권 두 장이 남아있다.

두려움이 작아질 때

친구 집에 모여 하룻밤 자기로 한 날이었다. 그 집 주변에는 커다란 나무가 많았는데 그래서 그런지 벌레가 자주 출몰한다고 했다. 호랑이도 제 말하면 온다더니 그 말을 하자마자 어디선가 커다란 나방 한 마리가 날아들었다. 작은 벌레는 물론이고 나비나 잠자리까지 세상에 존재하는 모든 곤충을 무서워하는 나는 그 자리에 얼어붙었다. 너무 놀라면 "꺅!" 소리를 지르는 게 아니라 "헙!" 하고 숨을 죽이게 된다. 친구는 아무렇지 않게 휴지 몇 칸을 뜯은 뒤 나방을 잡아 창문 밖으로 내보내주었다. 그 모습이 너무나 멋졌다.

늦게까지 놀다가 새벽이 되어서야 잘 준비를 마쳤는데 모두 자리에 누운 뒤에도 친구가 스탠드를 끄지 않았다. 어두워야 잘 자는 내가 불을 꺼도 되냐고 묻자 의외의 대답이 돌아왔다.

"오늘은 혼자 자는 거 아니니까 꺼도 되겠다."

세상에! 친구는 귀신이 나올까 봐 무서워서 스탠드를 켜 놓은 채로 잔다고 했다. 살아 움직이는 나방은 아무렇지 않게 잡으면서 있는지 없는지도 모를 귀신을 무서워하는 친구가 신기했다. 보이지 않는 걸 잘 믿지 못하는 나는 귀신을 별로 무서워하지 않는다. 우리의 두려움은 이렇게나 다르다.

작년까지만 해도 치과에 가기 전이면 두통에 시달렸다. 마음을 가다듬고 용기를 내 집을 나서도 저 멀리 치과 건물이 보이는 순간부터 심장이 입 밖으로 튀어나올 것처럼 두근거렸다. 그러다 올해, 새로운 동네로 이사를 오면서 치과를 옮기게 되었다. 새로 만난 의사는 나 같은 겁쟁이에게 빛과 소금 같은 존재다. 그는 정말이지 모든 것을 설명해준다. 지금 내 입으로 들어가는 기구가 무엇인지, 이 소리가 왜 나는지, 이 불편함이 앞으로 얼마나 지속될지, 얼마나 아플지, 그럼에도 왜 이 치료를 해야 하는지를. 나긋하지만 어딘가 단호한, 그러나 다정한 설명을 듣고 있으면 불안하던 마음이 가라앉는다. 다음에 닥칠 일을 아주 구체적으로 예측할 수 있게 되면 두려움은 작아지고 옅어진다. 인생의 다른 두려움에 비하면 치과에서의 두려움은 아주 작은 것이라는 사실을 어쩌면 나는 이제 알고 있는지도 모른다.

충분히 없는 삶

오래전, 할아버지 집에 있었던 작은 다락이 딸린 방을 기억한다. 그 방은 사람이 겨우 지나다닐 틈만 남겨놓고 온갖 물건으로 꽉 들어차 있었다. 엄청나게 오래된 책부터 시작해 박물관에서나 볼 법한 구시대의 유물, 이름 모를 가수의 카세트테이프, 서예 도구, 유통기한 지난 과자, 도대체 뭐가 들었는지 알 수 없는 상자들...

사촌 오빠들은 다락에 귀신이 숨어있다고 했고, 할머니는 엉망으로 쌓여있는 짐을 모른 척했고, 고모는 그 방을 싹 갈아엎을 기회만 호시탐탐 노렸다. 그러나 그 방에 마음대로 들어갈 수 있는 사람은 아무도 없었다. 할아버지는 당신의 물건에 대한 집착이 아주 강한 분이었기 때문에. 나중에 '저장 강박장애'라는 정신과 질환을 알게 되었을 때, 자연스럽게 할아버지를 떠올렸다.

할아버지는 그토록 많은 물건을 집에 두고 아무것도 없는 병원에서 돌아가셨다. 우리는 그제야 할아버지의 방에 들어갈 수 있었다. 유품으로 간직할 만한 몇 가지만 물건만 빼고 나머지는 전부 버려졌다. 100리터짜리 쓰레기봉투를 몇 장이나 썼는지 셀 수도 없었다는 큰아버지의 말을 들으며 빈손으로 왔다가 빈손으로 간다는 말을 떠올렸다. 빈손과 빈손 사이에는 왜 이렇게 많은 것이 필요한 걸까?

　월세 계약 기간이 6개월밖에 남지 않았다. 이 집에 들어오며 했던 다짐이 있다. 절대로 절대로 짐을 늘리지 말자! 주방이 곧 거실이고 거실이 곧 침실인 원룸 생활을 시작하고 나서야 알게 됐다. 물건은 곧 부동산이라는 사실을. 12년을 살았던 집을 떠나 이곳으로 이사하며 엄청나게 많은 것을 버렸지만 아홉 칸짜리 서랍에는 아직도 잡동사니가 가득하다. 소비는 확실한 행복이라고 생각했던 시절을 지나 비소비의 기쁨을 알아가고 있다. 쓸데없는 지출을 줄여 미래의 나를 위해 저축하는 재미는 덤. 없어도 괜찮은 것들은 없는 채로, 꼭 필요한 것만 가지고 가볍게. 언젠가는 다섯 칸의 서랍만으로도 충분한 삶을 살고 싶다.

계절의 감각

저녁을 먹고 나면 바닥에 요가매트를 깐다. 유튜브에 들어가 오늘의 운동을 고르고 영상을 재생한다. 주로 30분짜리 전신 유산소운동이다. 열심히 따라 하다 보면 어느새 이마에 땀이 맺힌다. 마무리는 언제나 국민체조. 익숙한 음악과 구령 아저씨의 외침에 따라 팔다리를 움직인다. 노젓기 운동은 특히 열심히 한다. 운동장에 모여 영혼 없이 체조를 하던 초등학교 시절에도 이 동작만큼은 꽤 성의껏 했던 기억이 난다. 마무리 스트레칭까지 끝내고 나면 운동 달력에 스티커를 붙인다. 이달 초부터 시작했는데 사실 중간에 빼먹은 날도 많다. 스티커를 붙이지 못한 빈칸이 몹시 거슬리지만 어쩔 수 없지. 이미 지나간 날을 자꾸 뒤돌아보지 말고 앞을 보자고 다짐한다. 남은 한 해 동안 이루고 싶은 목표는 루틴 만들기다. 나와의 약속을 지키며 무언가를 매일 반복하는 일이 아직은 너무 어렵기만 하다.

봄과 여름의 경계. 그러니까 지금 같은 계절이면 시험을 앞둔 학생처럼 마음이 불안해진다. 이번 여름은 또 얼마나 더울까. 나는 전생에 올라프가 아니었을까 싶을 정도로 더위에 약하다. 달걀 프라이 정도는 너끈히 만들 수 있을 것처럼 뜨겁게 달궈진 한여름의 아스

팔트 위를 걷다 보면 팔다리에 힘이 풀리고 속이 메슥 거리면서 금방이라도 쓰러질 것 같은 느낌이 드는데, 그럴 때면 엄살이 아니라 정말로 생명의 위협을 느낀 다. 생존을 위해 6월 말부터 9월 초까지는 되도록 약 속을 잡지 않고 숨어 지낸다. 선풍기를 틀어도 후덥지 근한 방에서 핀란드 여행 다큐멘터리를 본다. 내가 사 랑하는 거의 모든 것이 있는 겨울을 힘껏 그리워하며.

아무것도 아닌 모든 것

초등학교 시절을 떠올리면 아직도 일기 숙제가 생각난다. 나는 읽고 쓰는 걸 좋아하는 어린이였지만 숙제로 일기를 쓰는 건 싫었다. 정확히 말하면 일기를 왜 선생님에게 보여줘야 하는지 이해할 수 없었다. 그래서 한 가지 묘책을 떠올렸다. 그건 바로 일기를 두 번 쓰는 것이었다. 숙제 제출용 일기장과 진짜 일기장. 매일 밤 두 권의 일기장을 오가며 지킬과 하이드처럼 다른 사람이 되었다. 숙제용 일기장에는 말 잘 듣는 모범생이, 진짜 일기장에는 세상이 싫고 미운 사춘기 청소년이 살고 있었다. 가짜 일기를 영혼 없이 후다닥 쓰고 진짜 일기장에 몇 페이지씩 속마음을 털어놓던 그 시간이 내 글쓰기 역사의 시작이었다.

생각해보면 진짜 일기장에도 대단한 이야기는 없었다. 나만 보는 일기라고 해도 그 안에 담긴 내용은 특별할 것 없는 일상일 뿐이니까. 그러나 얼핏 보기엔 아무것도 아닌 것 같은 그 지루한 이야기들이야말로 한 사람을 설명하는 모든 것이 아니었을까? 아무것도 아닌 모든 것. 내가 생각하는 일기는 그런 글이다.

아마도 쓰겠지,

일주일에 세 번 하는 아르바이트를 제외하면 요즘 나는 거의 사이버 인간처럼 일한다. 온라인으로 글쓰기 모임을 진행하고, 메신저로 회의를 하고, 노트북으로 쓴 원고를 이메일로 전송한다. 언택트 시대란 이런 것일까? 사람을 만나는 일을 피곤해하는 나는 사실 이런 변화가 싫지 않다. 물론 이런 변화를 만든 바이러스는 너무 싫지만.

　언택트 시대의 커뮤니케이션에 대해 자주 생각한다. 서로의 표정과 목소리를 공유할 수 없을 때, 비언어적 요소를 통해 주고받던 마음은 어디로 가는 걸까? 한 번도 상상해본 적 없는 미래를 살았던 2020년도 끝을 향해 달려간다. 문구점에는 벌써 2021년 다이어리가 나왔지만 내년의 삶을 쉽게 상상할 수 없다. 그래도 써야지, 아마도 쓰겠지. 혼란의 시기를 통과하는 마음을 기록하며 불안을 잠재우려 노력해본다.

취향의 여행

구　달

에세이스트.
생계를 위해 일주일에 사흘은 양말 가게로 출근한다.

구달식 점심

워낙 부끄러움을 타는 성격이라 모임에서 자기소개를 시키면 이름을 대충 웅얼거리고 앉아 버리곤 한다. 서너 마디 말로 나를 타인에게 소개하는 일은 언제나 어렵다. 서너 개의 정보로 나를 설명하려다 보면 왠지 내가 납작해지기도 한다. 하지만 글쓰기에서는 조금 다르다. 더 입체적인 방법을 택할 수 있다. 내 일상에서 한 장면을 떼어내어 글로 옮기는 것이다. 그 장면을 공유한 이들이 내가 어떤 사람인지 상상할 수 있도록.

오늘 차린 점심 식사에 대해 쓰면 사람들은 나를 얼마만큼 알아챌까? 오늘의 메뉴는 바질 토마토 샌드위치와 따뜻한 드립커피, 그리고 사과 반쪽이었다. 일주일 전에 이 글을 썼다고 해도 메뉴는 똑같을 터다. 일 년 째 점심 메뉴를 통일하고 있으니 말이다. 엄마가 차린 밥상에 염치없이 숟가락만 얹고 살아온 세월이 서른일곱 해. 이제야 겨우 하루 한 끼를 내 손으로 해결한다. 매일 똑같은 식빵을 굽고, 똑같은 두께로 토마토를 썰고, 똑같은 양의 물을 끓여 커피를 내리는 방법이기는 하지만. 염치는 챙기고 싶은데 요리는 하기 싫으니 어쩔 수 없다. 다행히 바질과 토마토와 식빵은 기적의 조합. 오늘도 꼭 어제만큼 맛있는 바질 토마토 샌드위치를 만들어 점심을 차렸다.

나의 취향은

은행 앱을 켜고 최근 카드 이용내역을 살펴보았다. 절약해야 하는데... 프리미엄 반려견 펫밀크, 엘살바도르 원두 200그램, 정세랑 작가의 신간 소설, 닥스훈트가 그려진 양말, 리디페이퍼, 남색 실을 수놓은 은반지. 꼭 필요한 물건만 사긴 했네. 내가 고른 물건에는 나의 취향과 관심사가 오롯이 담긴다.

최근 구매한 물건 가운데 가장 만족스러운 것은 단연코 이북 리더다. 전자기기는 종이책의 질감을 결코 대체할 수 없을 거라 믿었는데 웬걸, 물리 키를 딸깍딸깍 눌러 페이지를 넘기는 손맛을 알아버렸다. 다소 정적인 독서라는 행위에 은은한 리듬감을 부여한다고나 할까. 인상 깊은 문장에 곧장 손가락을 뻗어 형광펜을 칠할 때의 손맛은 또 어떻고. 살까 말까 석 달을 고민했는데 역시 고민은 배송을 늦출 뿐이었다.

"전자책? 먹 냄새도 안 풍기는 픽셀이 책은 무슨." 코웃음 치며 고집스레 종이책만 고수했던 과거의 꽉 막힌 나 녀석. 역시 뭐든 직접 경험해보기 전에는 함부로 단정 짓지 말 일이다. 그렇게 생각을 고쳐먹은 채로 오늘도 먹 냄새에 이끌려 동네 책방에 들르는 나다.

일기라는 성실한 장르

오늘은 뭘 쓰지? 빈 화면을 켜놓고 고민하다 보면 종종 나라는 몸에 갇힌 기분이 들 때가 있다. 비슷한 패턴으로 생활하고 비슷비슷한 고민을 하면서 지내다 보니 글 역시 똑같은 이야기를 반복하는 것만 같은데, 그런 날에는 자리에서 일어나 책장 앞에 선다. 책등을 훑는다. 한 권을 뽑아서 그 책의 맨 뒷장에 부록을 붙인다는 느낌으로 글을 써본다. 다른 책에서 빌려온 주제와 아이디어로 새로운 글쓰기에 도전해보는 것이다.

《세 시의 나》는 일러스트레이터인 저자가 일 년 365일 동안 매일 오후 세 시의 내 모습을 글과 그림으로 기록한 에세이다. 시간을 지정해놓고 매일 같은 시간의 나를 기록한다는 아이디어가 기발하다. 이 기발함에 기대어 오늘 오후 세 시에 무엇을 했는지 기록해본다.

침대에 누워 책을 읽고 있다. 책 제목은《일기 쓰고 앉아 있네, 혜은》이다. 저자는 열여덟 살에 세뱃돈으로 '십년 일기장'을 충동구매했고, 무려 13년 동안 하루도 빠짐없이 모든 칸을 채우는 근성을 발휘하며 '일기인

• 윤혜은 지음, 《일기 쓰고 앉아 있네, 혜은》, 어떤책, 2020

간'으로 거듭났다고 한다.

13년!

밭에서 갓 수확한 보리를 시바스리갈 12년산으로 숙성시키고, 초등학생 어린이를 모교로 교생 실습 나가게 만드는 시간! 방금 읽은 구절에는 이런 문장이 쓰여있다.

내가 쓴 일기만큼 펼치기 두려운 장르가 또 있을까.

잠시 열여덟 살 때 처음 개설했던 싸이월드 미니홈피의 다이어리 게시판이 머리를 스치면서 뒷목이 서늘해진다. 쪽팔리는 첫 연애, 치졸한 우정 다툼, ㄱr끔 눈물을 흘렸던 새벽 2시... 일기장을 들추는 건 과거의 못난 나와 대면하는 일이기도 할 텐데, 13년간 일기를 써온 성실함만큼이나 13년 분량의 나를 마주 대하기로 결심한 작가의 용기에 감탄하고 있다.

잠옷과 홈웨어 사이

양말로 책 한 권을 쓴 작가답게 패션 아이템을 글감으로 자주 활용하는 편이다. 옷은 취향과 개성을 담기도 하고, 상황 혹은 관계를 드러내기도 한다. 계절을 표현하기 위해(목도리를 칭칭 감았다), 긴장을 묘사하기 위해(면접용 펜슬스커트가 복부를 압박했다), 변화를 보여주기 위해(상의 속옷을 모두 버린 날로부터) 옷을 보여준다.

잠옷과 홈웨어를 구분하기로 결심한 건 언제였더라. 엄마가 위아래 잠옷을 모두 갖춰 입고 있는 내게, 일어났으면 옷을 좀 입으라고 말했던 순간? 웅진 코디 선생님이 방문한 월요일 오후 다섯 시에 잠옷 바람으로 대문을 열며 멋쩍게 웃었던 그때?

낮에 원고를 쓰고 있는데 윗집 아주머니가 따끈따끈한 김치전 한 접시를 건네고는 떠났다. 내가 오늘 잠옷을 홈웨어로 갈아입었던가? 김치전을 양손에 받친 채로 얼른 전신거울 앞에 섰다. 음, 제대로 갈아입었군. 옥에 티라면 티셔츠 앞면에는 SLEEP, 뒷면에는 FOR ME라고 적혀있다. 새 홈웨어를 한 벌 사야겠다. 앞면에는 WORK, 뒷면에는 HARD라고 적혀있는 티셔츠가 좋겠어.

나는 사랑을 말하지 못하는 사람

《결국 못 하고 끝난 일》은 '내가 할 수 없는 일' 스물네 개를 정리한 그림 에세이다. 꼭지마다 "아직도 [   ] 못합니다"라는 제목으로 첫머리를 연다. 멋지게 차려입기, 책상다리하기, 구멍 난 양말 버리기, 헌혈, 무관심한 척하기. 저자가 괄호 속에 넣은 못 하는 일 목록이 꽤 흥미롭다. 나는 무엇을 할 수 없는 사람일까.

친구에게 아메리카노 기프티콘을 보냈더니 "사랑해"라는 메시지가 왔다. 순간 얼음. 사랑한다니, 겨우 커피 한 잔을 보낸 나를 사랑한다니. 뭐라고 메시지를 써야 할지 한참 고민하다 고양이 이모티콘을 골라 보냈다. 카톡 창에서 1이 사라졌는데도 한참을 답장하지 않는 나를 보며 친구는 무슨 생각을 했을까? 나는 사랑한다는 말에 알레르기가 있다. 친구가 무심코 툭툭 찍어 보냈을 세 글자에도 어찌할 바를 모르고 허둥댈 정도로. 몇몇 사람과 연애를 했지만 내게는 첫사랑이 없는 게 아닐까 생각하기도 한다. 그 누구에게도 "사랑해"라고 속삭이지 않았으니까. 그렇다. 나는 아직도 ["사랑해"라고 말하지] 못한다. 그러나 네발짐승은 예외, 반려견 빌보에게는 눈만 마주치면 사랑한다는 말이 튀어나오는데 이건 어찌 된 영문일까?

코로나 시대의 기분 전환법

벽에 붙이는 엽서를 자주 바꿔주고 있다. 내가 열심히 사 모은 엽서가 아주 많은데도, 일부러 친구들한테 받았던 엽서 묶음에서 골라 붙인다. 벽에 붙이기 전에는 꼭 엽서를 뒤집어 친구가 적은 짤막한 편지를 다시 읽는다. 머릿속에 떠오르는 그날의 장면들, 서로 주고받았던 대화 조각들 하나하나가 너무나 생생하고 소중하다.

오늘은 꽤 오랫동안 벽을 장식했던, 밤이 내려앉은 설산 그림엽서를 뗐다. 재작년 겨울, 내 생일 즈음에 만난 친구가 태국 여행에서 사 온 김 과자를 한 보따리 안겨주면서 함께 건넸던 엽서다. 그 김 과자를 다 먹느라고 온 가족이 생맥주를 몇 캔이나 땄던지. 엽서를 뗀 자리에는 언젠가 원두 정기배송 서비스를 이용할 때 사장님이 짤막한 인사말을 적어 주었던 사진엽서를 붙였다. 너른 야자수 숲과 해질 무렵의 하늘이 한 컷에 담긴 사진 위에는 이런 문구가 적혀있다.

"어디로라도! 어디로라도! 이 세상 바깥이기만 하다면."

코로나19로 인해 평범한 일상을 누리지 못하게 되면서 답답함과 우울감을 느끼는 사람들이 많아졌다고

한다. 물론 나도 마찬가지. 코로나 시대를 어떻게 통과
하면 좋을까? 답답함은 어디에서 해소할까? 친구를 만
나 수다를 떨 수도, 마음 편히 영화를 보러 갈 수도, 노
래방에서 목 놓아 열창할 수도 없는 상황에서 말이다.
나는 책상 앞에 앉아 연필 쥐기를 택했다. 요즘 나의 마
음 상태가 어떤지를 종이에 옮겨 차분히 들여다보는
시간을 갖기 위해서.

달을 올려다보는 밤

잠을 청하려 침대에 누웠을 때 활짝 열어둔 창문 너머로 달이 보였다. 유난히 하얗게 빛나는 크고 둥근 달이었다. 침대에 누운 채로 달을 눈에 담을 수 있다니, 이건 지구와 달의 궤도가 성북동 어느 가정집 창문 앞에서 기가 막히게 맞아떨어진 흔치 않은 순간일 터다. 이근사한 밤을 눈앞에 두고 무심히 잠들어버릴 수는 없다. 노래를 들어야지. 아름다운 멜로디로 이 밤을 더 아름답게 장식해야지.

'달' 하면 생각나는 노래, 언젠가 종현이 달이 너무 아름다워서 만들었다고 했던 노래. 유난히 하얗게 빛나는 크고 둥근 달을 올려다보며 〈시간이 늦었어〉를 들었다. 달은 새벽 다섯 시 무렵에 졌다.

빼빼 마른 고양이

동네 빵집에 들러 식빵을 사서 돌아오는 길, 웬 고양이한 마리가 아까부터 기다렸다는 듯이 몸을 일으켜 총총 다가왔다. 빼빼 말라 등뼈가 살짝 도드라져 보이는흰색 고양이. 애교 섞인 걸음걸이로 엄마 다리 사이를한 바퀴 돌더니 종아리에 얼굴을 부비며 야옹거린다.배가 고픈 걸까, 목이 마른 걸까. 물을 주었더니 마시지 않아서 고양이 겸용이기도 한 빌보 간식을 꺼내 내밀어보았다. 빼빼 마른 고양이는 날름 간식을 받아먹고, 졸지에 간식과 관심을 동시에 빼앗긴 빌보는 눈을동그랗게 뜨고 나를 본다. 그때 목장갑을 끼고 근처 꽃집으로 들어가려던 한 중년 남성이 혀를 쯧쯧 차며 황급히 다가왔다.

"많이 주시면 안 돼요! 원래 마른 애라 그렇지, 요즘간식을 너무 많이 먹어서 탈이에요."

알고 보니 꽃집 사장님이 돌보는 고양이였다. 간식을 다 먹자마자 유유히 떠나는 흰색 고양이, 그의 뻔뻔하고 만족스러워 보이는 뒷모습에 마음이 놓였다.

없애고 싶은 단어

《22세기 사어 수집가》는 소설가, 시인, 음악가, 사진가, 번역가 등 열한 명의 작가들이 22세기에 사라질 언어를 골라 서술한 책이다. 작가들은 '심장병/야자/사이코패스/비정규직'처럼 지금 당장 없어졌으면 싶은 단어를 고르기도 하고, '산악회/마가린/스포일러/썰렁하다/꽃샘추위'처럼 개인적으로 싫어하는 것들을 추방해버리기도 한다. '버섯/숲/시/애인'처럼 없어지면 안 될 것 같은 단어를 일부러 골라 사멸시키는 시인도 있다. 나도 없애고 싶은 단어가 있다.

니플패치는 옷 위로 도드라져 보이는 젖꼭지를 가리기 위한 용도이다. 주로 실리콘과 밴드 두 종류로 유통되었다. 21세기 한국인이 왜 그렇게 젖꼭지를 가리는 데 열중했는지에 관해서는 정확히 알려진 바 없다. 다만 '젖꼭지 가리개'라는 순우리말이 있는데도 굳이 영어식 표현을 사용한 사실로 미루어 보건대, 젖꼭지 세 음절이 일종의 금지이자 터부였음은 확실한 듯하다. 요컨대 젖꼭지는 누구에게나 있지만 아무에게도 보이거나 입에 담아서는 안 되는 무엇이었던 것. 우리 몸의 볼드모트와 같은 존재를 지우기 위해 발명된 니플패치가 한때 한국 사회를 젖꼭지 담론으로 휩쓸어버렸다는 사실은 역사의 아이러니다.

　니플패치 수요가 급증하면서 유해성이 검증되지 않은 저가 제품이 시장에 쏟아졌고, 그 결과 만성 젖꼭지 질환자가 속출했기 때문이다. 정부는 환자 대다수가 여성인 이 새로운 질환에 건강보험을 적용하는 데 난색을 표했다. 이에 분노한 여성들은 거리로 나와 니플패치를 떼어 정부청사 대문에 붙이며 항의했다. 'BP 해방의 날'로 기록된 이 날을 기점으로 니플패치는 사라졌다.

아침 채집

아주 보잘것없는 일화나 사소한 순간도 문장에 비끄러매면 한 편의 글이 된다. 우연히 본 SNS 피드 사진 한 장에 아침 메뉴를 결정한 오늘처럼.

오전 11시, 침대에 누워 눈만 뻐끔 뜬 채로 인스타그램을 훑는데 먹음직스러운 케이크 하나가 눈에 들어왔다. 동네 디저트 가게에서 오늘부터 새롭게 선보이는 메뉴라며 블루베리 뉴욕치즈케이크 사진을 올린 것이다. 출시 기념으로 단 하루만 20% 할인 판매한다는 깜짝 이벤트와 함께였다. '어머, 저건 먹어야 해!' 늦잠을 자는 바람에 의도치 않게 16시간째 간헐적 단식을 하고 있었던 나는 벌떡 일어나서 잠옷 위에 트렌치코트를 걸치고 마스크를 썼다.

"나 아침거리 채집하러 가."

엄마한테 싱거운 농담을 던지며 부엌 천장에서 뜰 채 아니 오목한 반찬통 하나를 꺼내 들고 집 밖으로 나섰다. 빗방울이 투두둑 떨어지는 골목길을 호로록 뛰어 내려가서 잽싸게 케이크를 픽업해 집으로 돌아오는 데까지 걸린 시간은 5분. 반찬통 뚜껑에 올린 케이크에 핸드드립으로 내린 커피를 곁들이자 뉴요커가 부럽지 않은 아침상이 뚝딱 완성되었다. 뉴요커가 아침으로 뉴욕치즈케이크를 먹는지 여부는 알 수 없지만.

러시아어란 무엇인가

몇 해 전 겨울, 러시아어 학원에 등록했다. '이름도 제대로 발음하지 못하면서 그 작가를 안다고 생각하지 말라'는 문장을 읽고 충동적으로 벌인 일이었다. 나의 최애 작가 표도르 니콜라예비치 도스토옙스키를 완벽하게 발음해낼 테다. 자못 비장한 각오로 임한 첫 수업에서 농구 코트 센터처럼 생긴 알파벳(ф)에 발목이 잡힐 줄이야. 이 농구 코트 센터를 '무성 순치 마찰음'이라는 어질어질한 방법으로 발음해야만 표도르의 피읖을 제대로 표현할 수 있다는 걸 깨달았을 때, 내 입술은 한없이 겸허해졌다. 완전히 자신감을 잃은 채로 석 달을 더 버텼지만 이어 전개된 문법 파트의 현란한 격변화 드리블에 무너지고 말았다. 나는 여전히 도스토옙스키를 제대로 발음하지 못한다. 러시아어 문법이며 격변화도 홀랑 다 까먹었다. 그래도 '위대한'이라는 형용사를 배우면서 익힌 예문 하나만큼은 확실하게 외워두었다.

표도르 도스또옙스끼 벨리끼 루스끼 삐사쩰!(표도르 도스토옙스키는 러시아의 위대한 작가입니다!)

걱정을 잊게 만드는 걱정

《나의 미친 걱정》은 일상의 사소한 걱정을 진지하게 고백하는 꽤 디테일한 걱정 모음집이다. 버블티를 먹다가 웃음이 터져서 타피오카가 목에 걸리면 어쩌지? 지하철 플랫폼 틈에 발이 끼이면 어쩌지? 아침에 챙겨 먹은 유산균은 살아서 장까지 가고 있을까? 이 구역 '걱정천재'인 저자가 진지하게 털어놓은 걱정들을 따라 읽노라면, 내 머릿속을 가득 채웠던 걱정거리는 어느 순간 싹 잊고 만다. 걱정은 다른 걱정으로 잊히는 걸까?

밤이면 왼쪽 어금니에 때운 금이 빠질까 봐 노심초사하며 살금살금 치실을 한다. 작년 이맘때쯤 치실을 하다가 한번 빼먹은 경험이 있기 때문이다. 순간 이가 빠진 줄 알고 어찌나 놀랐던지. 손을 덜덜 떨며 번쩍이는 금 조각을 집어 들고 치과로 달려갔다.

"다시 고대로 붙여드릴 테니까 몇 년 더 쓰세요."

몇 년이요...? 그럼 또 빠진다는 말씀인가요, 선생님...? 치과 치료를 유독 못 견디는 나는 금 조각을 다시 고대로 붙이는 별것 아닌 치료를 받으면서도 닭똥 같은 눈물을 뚝뚝 흘리며 제발 마취를 해줄 수는 없느냐고 애원했다. 그러니 매일 밤 벼랑 끝에 몰린 심정으로 살금살금 치실을 할 수밖에. 실을 쥔 손에 힘이 들어가면 금이 빠질 테고, 힘을 빼고 대충 하면 치석이 쌓일 테고... 의사 선생님에게 그 '몇 년'이 정확히 몇 년이냐고 전화로 묻고 싶은 심정이다.

사물의 힘

나는 양말을 좋아해서 양말만 수납하는 4단짜리 장을
따로 가지고 있다. 양말에 얽힌 이야기만 모아서 《아무
튼, 양말》이라는 에세이를 쓰기도 했다. 좋아하는 마음
이 가득 담긴, 사소하지만 특별한 사연이 담긴 물건은
그 자체로 훌륭한 이야깃거리가 된다. 그런 이야깃거
리가 담긴 글은 언제나 기쁘게 읽는다. 물건에 묻어나
는 취향과 기분을 상상해보기도 하고, 과거의 어느 순
간으로 불쑥 되돌아가게 만드는 사물의 힘을 새삼 실
감하기도 하면서.

　여기저기에서 발품을 팔아 사 모은 빈티지 아이템
은 내 왕자행거의 자랑이다. 동묘 길바닥에 펼쳐놓은
좌판에서 손을 굴삭기처럼 움직여 파내는 데 성공한
이태리제 울 카디건(이천 원!). 단골 빈티지 가게에서
고른, 화려한 주황색 스티치로 장식한 뒤태가 치명적
으로 촌스러운 진청 나팔바지. 버려지는 프랑스 군복
을 리폼해서 만들었다는 오버 사이즈 워크 재킷. 3대
종교 대통합 바자회에서 발견한 금박 메두사 머리 장
식이 압도적인 위용을 자랑하는 에나멜 가방. 몇 해 전
가마쿠라의 한적한 동네를 발길 닿는 대로 걷다가 우
연히 들어간 빈티지 숍에서 구입한 카멜색 코트는 사
장님 지인이 십수 년 동안 아껴 입다 내놓은 것이라고

했다. 겨울이 와서 그 코트를 꺼낼 때마다 새 옷 같은 상태에 감탄하며 이름도 얼굴도 모르는 타국 사람에게 고마움을 느낀다. 빈티지에 관심이 없었다면 평생 프랑스 군복을 걸쳐볼 일이 있을까? 가방에 소지품을 넣으며 불교와 메두사의 관계를 고찰할 일이 있을까? 가끔은 패션을 위해서가 아니라 그 물건에 얽힌 사연을 수집하는 기분으로 빈티지를 고른다.

키보드를 두드리는 시간

《료칸에서 바닷소리 들으며 시나리오를 씁니다》는 영화감독 니시카와 미와가 영화와 그에 얽힌 사람들에 대해 쓴 에세이다. 니시카와 미와가 쓰는 산문의 특징은, 한 편 한 편이 짧은 단편영화처럼 읽힌다는 것이다. 자기 생각을 구구절절 설명하는 대신 상황과 행동을 충실히 묘사한다고 할까. 덕분에 독자는 저자의 사유에 갇히지 않고 자유롭게 상상력을 발휘해 이야기를 받아들인다. 마치 영화를 볼 때처럼.

내 글이 영화처럼, 다큐멘터리처럼 읽혔으면 좋겠다는 생각을 종종 한다. 그래서 일상의 장면들을 짤막한 문장으로 기록해 부지런히 수집한다. 행동을 묘사하고 풍경을 스케치하듯 써본다. 이렇게 그날그날의 장면을 수집하다 보면, 문득 스쳐 지나가는 일상 속 풍경과 평범한 일화들이 꽤 특별하게 느껴질 때가 있다.

글을 쓰기 위해 책상으로 향하는 시간은 보통 오후 2시. 노트북과 각종 필기류 및 과자 봉지가 나뒹구는 책상 앞에 앉기 전, 커튼을 걷고 창문을 활짝 연다. 날씨가 좋은 날에는 햇빛이 책상 한가운데까지 뻗치는데, 빛이 멈추는 지점에 커피잔을 내려놓는 것이 나의 작은 의식이다. 음악은 틀지 않는다. (내게는 듣기와 쓰기를 동시에 해낼 수 있는 멀티태스킹 기능이 없다.) 휴대전화를 침대에 던지고 노트북 와이파이를 끈다. 노트를 꺼내 기껏 세팅해둔 노트북 앞에 펼친 다음, 간밤에 미리 머릿속으로 굴려본 글감을 손으로 옮겨 적는다. 덜어내야 하는 문장과 채워 넣어야 하는 디테일을 파악하게 될 때까지 계속해서 이면지를 만든다. 머릿속에 엉킨 말들이 글로 풀어지지 않으면, 창문 밖 탁 트인 하늘을 보며 잠시 숨을 고른다. 해가 꽤 기울었음을 깨닫고는 펜을 놓고 서둘러 키보드에 손을 얹어 첫 자음을 누른다. 탁탁 자판 두드리는 소리를 노동요 삼아 한 문장, 한 문장씩 써 내려 나간다.

카레집 카레

그 카레집 이름은 그냥 '카레'여서 점심시간에 친구가 동네로 놀러 온다고 하면 "카레 먹으러 카레 갈래?" 하고 메시지를 보낸다. 바 자리 여섯 석과 테이블 두 개가 전부인 공간은 아늑하고 단정하다. 자리에 앉으면 흰 광목 앞치마를 두른 사장님이 계절에 알맞게 끓이거나 식힌 물과 함께 메뉴판을 건넨다. 메뉴는 단 두 종류, 매일 먹을 수 있는 시금치 카레와 보름마다 재료가 바뀌는 한정 카레.

나는 언제나처럼 시금치 카레를, 친구는 추억의 급식 빌런 시금치가 영 미덥지 않은지 한정 메뉴인 피시 카레를 고른다. 둥글게 빚은 흰밥에 모락모락 김이 나는 카레를 얹은 짙은 밤색 그릇이 눈앞에 놓인다. 양배추 절임을 곁들인, 소박하지만 따뜻하고 든든한 한 끼. 미심쩍은 표정으로 슥 숟가락을 뻗어 시금치 카레를 한술 떠 입에 넣은 친구의 눈이 동그래진다. 훗, 카레의 카레는 시금치 카레가 진리라는 걸 이제 알겠나. 깨끗이 비운 접시 두 장을 남기고, 빨리 시금치 카레 먹을 날짜를 잡자고 재촉하는 친구와 함께 식당 밖으로 나선다.

누구보다 빠른 취향의 여행

4년 전 봄, 도쿄 여행 둘째 날. 눈 뜨자마자 모닝커피를 마시기 위해 나카메구로로 향했다. 블루보틀과 오니버스커피 같은 요즘 핫한 커피숍을 성큼성큼 지나쳐 도착한 곳은 피너츠 카페.

냅킨부터 벽지까지 온통 내 사랑 스누피 캐릭터로 도배된 이곳에서 커피를 마시기 위해, 출국 보름 전에 구글 번역기의 도움을 받아가며 2층 좌석을 예약해두었다. 그것도 오전 10시로. 누구보다 빠르게 남들과는 다르게 하루치 귀여움을 모조리 쓸어 담을 기세로 말이다. 그런데 세상에, 스누피에 둘러싸여 모닝커피를 마시려고 이 아침에 달려온 사람이 나 말고 또 있네?

번쩍번쩍 빛나는 우드스톡 네온사인이 걸린 벽면 앞 좌석에 앉으며, 나와 같은 이유로 그 자리를 골랐을 옆자리 중년 여성과 눈이 마주쳤다. 누가 먼저랄 것 없이 웃어버렸다. 이내 각자 손에 쥔 카메라를 흔들어 보이다 또 한 번 웃음이 터진 우리는 우드스톡을 배경으로 서로 번갈아 가며 기념사진을 찍어 주었다. 눈빛만 봐도 통하는 사이라는 표현, 난생처음 본 사람에게도 쓸 수 있다.

내일 건강할 오늘의 나

요가 두 달, 헬스 한 달이 서른일곱 평생 운동 이력의
전부인 사람도 운동을 결심하게 만드는 새해가 또 다
시 밝았다. 요즘은 달리기가 트렌드인 것 같은데, 트렌
드를 살짝 비틀어(그러니까 속력을 살짝 줄여서) 걷기
로 결정했다. 걷기는 매일 만 보를 채울 만큼 좋아하니
까. 21세기 인간답게 운동은 지도 앱 켜기로 시작한다.
집에서 반경 4킬로미터 내외를 훑으며 적당한 목적지
를 고르고, 그곳에서 해야 할 일을 만든다. 운동이 그
자체로 목적이라는 걸 받아들이지 못하는 육신을 위해
궁리해낸 나만의 방법이다. 조거 팬츠에 품이 넉넉한
티셔츠를 입고, 볼캡을 깊이 눌러쓴 다음 집을 나선다.
자동차 바퀴와 공유 킥보드 바퀴를 바삐 굴리며 멀어지
는 사람들을 구경하며 천천히 걷는다. 턱을 당기고 보
폭을 어깨너비로 유지하며 약간 빠르게 걸어야 운동 효
과가 있다지, 라고 생각만 하면서 느릿느릿 4킬로미터
7,000보를 걸어 목적지인 공원에 도착했다. 이제 '벤치
에 앉아 김사월 노래 다섯 곡 들으면서 쉬기'만 달성하
면 오늘의 운동 끝.

　글을 쓰다 보면 더 잘 쓰고 싶은 욕심이 생겨서 처
음처럼 쓱쓱 자유롭게 써 내려가기 어려운 순간이 온

다. 손이 굳고 마음이 움츠러든다. 그럴 때면 속으로 이렇게 주문을 외운다.

"잘 쓰는 건 내일의 나한테 맡기고, 오늘의 나는 일단 종이를 채우자."

글 쓰는 일은 나와 나의 협업 같다. 오늘 내가 계속 장작을 던져 넣어야 내일 내가 멋지게 불을 피워낼 수 있는. 운동도 비슷하지 않을까. 오늘의 내가 몸을 움직여야 내일의 내가 건강할 테니.

잔디 N.5

늦은 오후, 엄마, 남동생과 함께 반려견 빌보를 차에 태우고 뚝섬 한강공원에 산책하러 갔다. 선선한 강바람이 코끝으로 불어오니 어쩐지 배가 간질간질. 탁 트인 푸른 잔디밭과 금빛으로 넘실거리는 강물의 조화가 아름다워 한참을 눈에 담았다. 세상에서 제일 좋아하는 잔디 N.5 향에 취한 빌보는 풀밭에 코를 파묻고 킁킁 냄새를 맡느라 정신이 없다. 그 모습이 너무 귀여워서 잽싸게 카메라를 켰지만, 빌보가 도무지 고개를 들지 않아 한껏 치켜든 엉덩이 사진만 메모리 카드에 잔뜩 쌓였다.

잔디밭을 따라 조금 더 걷자 텐트를 치거나 돗자리를 깔고 삼삼오오 앉아있는 사람들이 보였다. 동시에 아찔한 라면 향기가 강바람에 실려 비강으로 진입해 측두엽을 두드렸다. 정신을 차렸을 때 우리는 풀밭에 자리를 잡고 앉아 1인 1종이그릇을 손에 꼭 쥐고 면발을 후루룩거리고 있었다. 잊지 않고 삶은 달걀을 한 줄 사서 빌보에게 노른자만 쏙 골라 주었고. 본능적으로 즐긴 즉흥 식사를 끝내고, 점점 붉어지는 하늘을 멍하니 바라보며 천천히 소화를 시켰다.

네가 와주면 좋겠어

버스에 붙은 광고 문구, 출근길에 읽은 뉴스 머리기사, 트위터에서 읽은 140자, 중국집 메뉴판, 뼈 때리는 예능 자막. 참 많고 많은 문장을 눈에 담는다. 그 가운데 특히 눈길이 가거나 기억에 남은 문장은 나의 지금 마음과 맞닿아 있을 확률이 높은 듯하다. 매일 눈에 띈 문장을 메모하는 습관도 글을 쓰는 데 도움이 된다. 꼭 그 순간 그 문장의 의미를 곱씹지 않더라도 하나씩 모아두고 나중에 읽어보면 그 문장들에 덧붙일 나의 이야기가 떠오르기도 한다.

지금은 "저승사자는 사랑하는 사람의 얼굴을 하고 온다"라는 트윗을 읽었다. 그와 함께 가장 많이 리트윗된 글은 "어쩐지 이동욱이 저승사자로 찰떡이더라"였다. '큭' 웃으면서 고개를 들었다가 기절할 뻔했다. 내 발치에 검은 머리카락을 드리우고 소복을 입은 누군가가… 눈을 크게 끔뻑 감았다 뜨고 다시 보니 까만 털로 뒤덮인 귀를 내놓은 채 흰 이불을 돌돌 말고 잠든 빌보였다. '언제 왔대. 못 살아 정말.' 조심스레 손을 뻗어 귀를 까주고 이불을 살짝 들쳐 바람이 통하도록 틈을 만든다. 내가 떠날 때 빌보가 와 주면 좋겠네, 생각하면서.

내 이름은 빌보

글이 잘 안 풀리면 작업 중이던 원고 파일을 닫고 새 문서를 연다. 즉흥적으로 떠올린 주제로 손가락을 내키는 대로 움직이며 아무렇게나 쓴다. 책상에 놓인 연필 한 자루를 묘사하기도 하고, 밤에 볼 드라마의 줄거리를 내 마음대로 상상해서 써보기도 한다. 그러고는 파일을 닫아버린다. 내가 쓴 글을 평가하지 않기 위해서다. 가끔 생각나면 열어보는데 문장력은 형편없어도 개중에서 꽤 재미있는 아이디어를 건질 때도 있다. 제3의 화자를 내세워 쓴 글일 때 특히 그렇다. 요즘 꽂힌 즉흥 주제는 전지적 빌보 시점으로 일기 쓰기. 이를테면, 내 이름은 빌보.

내 이름은 빌보, 빌보 배긴스의 빌보. 우리 가족이 하루에도 열두 번씩 애정을 담아 부드럽게 발음하는 두 글자, 내 이름은 빌보. 소설 《호빗》의 주인공인 작지만 용감한 친구 빌보 배긴스에서 따온 이름이라고 해. 내 다리 길이가 조금 앙증맞은 건 사실이야, 용감한 건 아주 사실이고 말이지. 두식이가 먹다 남긴 고구마를 처리하기 위해 오늘 아침에도 상당한 용기를 발휘했다구. 내 키보다 훨씬 높은 좌식 테이블 위로 서슴없이 뛰어올랐거든! 두식이는 내가 대견했는지 스타

200

카토로 부르짖더라.

"빌/보/너/어!"

"너/어!"는 빼고 그냥 빌보라고 부드럽게 불렀으면 더 듣기 좋았을 텐데, 뭐 어쩌겠어.

옅은 미소를 흘리고 묵묵히 남은 고구마를 마저 처리해줬지. 나는 고구마를... 아니, 두식이를 사랑하니까!

부캐의 탄생

두식이는 내 둘째 언니야. 내 라이프스타일 전반을 관리하는 수행비서를 겸하고 있지. 사실 두식이 본명은 두식이가 아니고 구... 뭐더라, 구드... 들... r 발음은 확실히 들어갔던 거 같은데 헷갈리네.

엄마랑 아빠랑 첫째 언니랑 형부랑 조카랑 두식이랑 (헉헉) 오빠까지, 가족이 이렇게 많은데 어떻게 이름을 다 외우겠어. 다 합해서 몇 명인지도 자꾸 까먹어 버리는데 말이야. 그래서 하루는 마음먹고 차근차근 숫자를 헤아려봤어.

한놈, 두식이, 석삼, 너구리, 오징어, 육개장! 내 가족은 여섯이 확실해! 이제 내가 두식이를 왜 두식이라고 부르는지 알겠지. 육개장보다는 낫잖아. 육개장 사 발면 먹고 싶다... 가서 두식이를 깨워야겠어.

오늘 밤은 굶고 자야... 해?

동물병원에 가서 엑스레이인가 뭔가를 순순히 찍은 게 탈이었지. 그동안 나의 길고 고불거리는 근사한 털로 꼼꼼히 감춰둔 두툼한 목살을 들켜버렸지 뭐야. 이럴 줄 알았으면 앞발로 안전문 꽉 붙들고 안 들어가겠다며 울고불고 난리치는 건데. 체중 조절이 시급하다는 수의사 경고에 두식이가 말을 다 더듬더라고.

"근, 근육인 줄 알았어요."

집으로 돌아와서 나는 당연히 냉장고 앞으로 달려갔고 두식이 종아리를 내 코로 툭툭 쳤어. 동물병원에서 진료를 마친 용감한 개가 칭찬 보상으로 딸기칩을 먹는 건 당연하잖아. 그런데 세상에, 두식이가 다이어트 사료 한 알을 내미는 거야.

다. 이. 어. 트. 사. 료. 한. 알. 이라니!

두식이 앞에서는 퉤 뱉어버린 그 한 알을 몰래 회수해서 오독오독 씹고 있는 내 모습이 처량한 이 밤.

취미는 드라이브

목살이 근육이 아니었다는 걸 들킨 이후로 밤이 아주
피곤해졌지 뭐야. 가족들이 어떻게든 나를 네발로 걷
게 만들려고 혈안이 되었거든. '아니, 원래 앞발 두 개
는 밤에 졸릴 때 턱 괴려고 있는 건데!', '내 말랑말랑한
발바닥 젤리가 뜨거운 아스팔트에 상하기라도 하면 어
쩌려고!' 하네스를 잘근잘근 씹으며 오늘도 어김없이
산책 거부 퍼포먼스를 펼치던 그때, 어디선가 들려온
단어 하나에 귀가 쫑긋 서버렸네.

"그럼 산책 말고 빠방 탈까?"

빠방! (귀 쫑긋) 빠방! (꼬리 붕붕) 나를 치타만큼
빠르게 만들어주는 빠방! (우다다) 잽싸게 대문 앞으
로 달려가서 일등으로 줄 섰지 뭐. 덕분에 드라이브를
20분이나 즐겼어. 빠방이 "편도"로 운행하는 날이라고
해서 올 때는 1시간 반을 걸었지만 말이야. 어쩐지 속
은 기분이 드는 건 기분 탓이겠지.

여름 낮잠을 사랑해

여름은 너무너무 덥지만, 낮잠 자기에는 최고로 좋은 계절 같아. 그늘진 구석을 찾아서 차가운 시멘트벽에 배를 딱 붙이고 누워봐, 천국이 따로 없거든. 하지만 이 자세로 너무 오래 자버리면 십중팔구 배앓이를 하니까 중간에 자리를 옮겨야 하지. 나는 햇볕이 내리쬐는 거실로 느릿느릿 걸어나가. 창틀에 앞발을 올리고 "낑낑 낑낑" 하고 코로 피리를 불지. 그럼 어디선가 두식이가 번개같이 나타나서 창문을 활짝 열고, 창틀에 담요를 깔고, 나를 담요 위로 올려줘. 담요는 보드랍고 햇볕은 따뜻하지. 몸을 발라당 뒤집어서 차가워진 배를 햇볕에 골고루 데우며 쿨쿨 자기에 더없이 완벽한 환경이야. 두식이는 내 자세가 웃기고 남사스럽다며 찰칵찰칵 찍어대기 바쁘지만 나는 절대 말 못하지. 이 자세... 실은 잠옷 홀랑 까뒤집고 밤새 배 내놓은 채 대자로 뻗어 자는 두식이 너한테 배운 거야.

근육 많은 할머니가 되고 싶어

일요일엔 아무리 활동적인 개라도 집에서 뒹굴고 싶은 법이지만, 오늘도 나는 두식이를 이끌고 와룡공원으로 향한다.

싱그러운 맥문동 냄새를 킁킁 맡고 다람쥐 친구들 흔적을 왕왕 쫓고픈 마음 쬐끔. 공원 언덕을 따라 이어진 돌계단을 헛둘헛둘 오르며 다리 근육을 튼튼하게 단련하고픈 마음 이만큼. 타고난 근수저라서 잠만 자고 일어나도 근육이 붙는 견공이지만 방심은 금물. 내일도 모레도 열 밤, 백 밤을 자고 일어나도 꼭 오늘처럼 잽싸게 다람쥐를 쫓고 싶어. 다람쥐도 매일 나무 타면서 단련하니까 백 밤, 천 밤이 지나도 우리의 술래잡기는 계속될 거야. 이런 내 결심을 아는지 모르는지 두식이는 헉헉 숨을 내쉬며 조금만 천천히 계단을 오르자고 조른다. 이제 겨우 108계단을 뛰어올랐을 뿐이라고! 다 좋은데 내구성이 약해서 걱정인 두식이가 내 뒤에 바짝 다가오기를 기다리며 뒷다리를 힘껏 오므린다. 술래잡기 친구는 많을수록 좋으니까 우린 둘 다 근육 많은 할머니가 되어야 해, 각오해!

살고 싶은 집

일단 밖에서 누가 벨을 누르면 날카롭게 귀를 자극하는 초인종 소리 대신 부드러운 바람이 우유 투입구로 휘잉 불어들면 어떨까 해. 그놈의 초인종 소리에 하루에도 몇 번씩 마음이 불안해져서 옆구리를 벅벅 긁거든. 그리고 커다란 창문을 낮게 많이많이 동서남북으로 뚫는 거야. 햇볕의 움직임을 따라 창틀을 옮겨 다니며 온종일 꾸벅꾸벅 졸면 얼마나 좋아! 지금 창문은 너무 높아서 내 눈으로 바깥 풍경을 볼 수도 없고 내 코끝까지 바깥 공기가 닿지도 않는다고.

또 있잖아, 옷방이라는 게 꼭 필요할까? 내 생각엔 훌륭한 냄새를 풍기는 잔디나 축축한 촉감이 멋진 흙을 잔뜩 모아놓은 방이 훨씬 멋질 것 같아. 바닥은 털이 부숭한 발바닥으로 짚어도 미끄러지지 않는 소재로 부탁해. 아침마다 밥그릇에 관절 영양제를 톡톡 뿌려줘도 소용없어, 노란 장판 위에서는 내 왼발, 오른발이 자꾸 휘는걸.

마지막으로 베란다 말인데... 텃밭으로 개조해서 고구마를 조금 심을 수는 없을까?

빌보가 빌보에게

안녕, 너는 지금 "산책하자"라는 말에 후다닥 침대 밑으로 숨어 온몸을 바들바들 떨고 있지. 알아. 그날 "산책하자"라는 말을 듣고 집을 나섰다가 큰 개한테 물려 뒷다리를 영영 잃을 뻔했으니까. 날카로운 이빨에 살을 찢기는 고통은 잊으려야 잊을 수 없을 거야. 상처에 소독약을 뿌렸을 때 너는 그 어디에서도 들어본 적 없는 비명을 내질렀지. 크고 차갑고 낯선 동물병원 처치실에 홀로 누워 벌어진 살을 꿰매고 패인 살점 위에 꿀을 발라야 했어. 그래도 있지, 이집트 파라오에게도 처방했다는 꿀 치료법은 효과가 정말정말 좋아서 상처는 금방 나을 거야. 2년이 흐르면 흉터 하나 남지 않고 그 끔찍했던 고통조차 까먹게 돼. 그러니까 두식이가 침대 아래로 뻗은 팔을 믿고 조금만 더 용기를 내도 좋아. 두식이 오른팔에는 네 뒷다리와 똑같은 모양으로 찢긴 상처가 남았지. 그 상처는 두 팔로 단단히 안은 너를 절대 놓지 않겠다는 표식이라는 걸, 곧 이해하게 될 거라 믿어.

_____ 우리는 밤마다 이야기가 되겠지

쓰면서 알게 된 나

황유미

아침엔 읽고 낮에는 쓰고, 밤에는 생각한다.
생각을 주무르다 문장으로 구현하는 순간을 좋아한다.
내 이야기와 남 이야기를 자유자재로 오가는 사람이 되고 싶다.

첫 문장이 시작된 순간

내가 쓴 문장이 '글'이 될 수 있다는 사실을 모르던 시절, 나는 종종 등굣길에 꽃밭을 구경한 날에는 무언가를 쓰곤 했다. 사방이 분홍색으로 물든 봄에는 학교에 가는 길이 유독 멀게 느껴졌다. 도처에 널린 꽃을 구경하느라 가다가 서다가를 반복했기 때문이다. 진달래나 개나리 같은 꽃들을 구경하면 가슴팍이 간지러웠다. 간신히 지각을 면하고 교실에 앉아도 선생님 말씀에 집중할 수가 없어 교과서 귀퉁이에 수업 내용과는 전혀 상관이 없는 단어나 문장을 적었다.

　그때 썼던 최초의 문장은 '진달래꽃이 분홍색 물감을 뒤집어썼다'였던 것 같은데, 어떻게 20년이 넘는 세월 동안 이 문장이 잊히지 않는 건지 가끔은 놀랄 때가 있다. 오래된 기억이니 그 문장이 정확한지 알 수 없지만 꽃밭을 지나가던 어린아이의 마음속에 어떤 씨앗이 바람을 타고 흘러들어와서, 그 씨앗이 끈질기게 살아남았다는 것만은 알고 있다.

나는 여름

글쓰기 모임을 할 때만큼은 본명인 황유미가 아닌 '여름'이란 부캐로 변신한다. 유산슬이나 린다 G와 같은 연예인을 따라 한 것처럼 보인다면 오해라고 말하고 싶다. MBC 〈놀면 뭐 하니〉 프로그램에서 '부캐' 열풍이 불기 전부터 만들어 둔 이름이기 때문이다. 열 문장을 쓸 때만큼은 황유미가 쓰는 글과 조금이라도 다른 글을 쓰고 싶었다. 일 년 중 가장 좋아하는 계절을 닮았으면 좋겠다는 생각에 여름이란 이름을 붙였다. 여름에는 '기이한 열기와 상쾌한 바람, 눅눅한 공기와 스산한 밤'같이 절대 어울릴 것 같지 않은 요소들이 모여 독특한 분위기를 만든다. 여름에 어울리는 글이란, 바람 잘 통하는 베란다에 널어둔 빨래처럼 밝고 가벼워 보이지만 오묘한 뒷맛을 남겨야 한다. 쓰고 나서 생각해 보니까 말로 다 표현할 수 없을 정도로 복잡한 글일 것 같은데, 목표를 너무 높게 잡았나. 걱정 많은 황유미가 실패하는 것들을 대범한 '여름'은 해낼 수 있기를 바라며 오늘도 부캐의 힘을 믿어본다. 이럴 줄 알았으면 첫 책을 낼 때부터 나의 이상향을 가득 담은 필명을 하나 만들어두고 그 뒤에 숨어볼걸.

나를 알기 위해 내가 되는 말

'훌륭한 걸 쓰거나 말하기 위해서는 그저 할 수 있는 한 힘껏 나 자신이 되기만 하면 된다.' 언젠가 데릭 젠슨의 《네 멋대로 써라》를 읽고 한 줄로 요약한 감상이다. 그때부터 글 쓰는 사람들과 만날 자리가 생긴다면 이 야기를 나누고 싶어졌다. '담백하게 나 자신을 있는 그 대로 보여주면 좋은 글이 나올까?'라는 주제로 말이다.

내 생각에 자전적인 이야기를 나열하는 것만으로 는 좋은 글을 쓸 수 없다. 다만 나 자신이 되어보지 않 은 사람이 힘 있는 글을 쓰기란 어렵다. 무슨 말을 하고 싶은지 끝끝내 찾아내지 못한 채 헤매다 몇 가지 단상 만 힘없이 스케치하고 말았던 경험을 통해, 한 편의 글 을 제대로 마무리하려면 일단 나를 제대로 이해할 필 요가 있다는 것을 깨달았다.

지금 무엇을 쓸지 모르겠다면, '나는 누구다'라는 자기소개 대신 내가 어떤 사람인지 파악하기 위한 질 문을 던져 보자. 대답하기 곤란한 질문일수록 더 좋다. 있는 힘껏 나 자신이 되기 위해 제대로 고민한다는 뜻 이니까. 내가 나를 알기 위해 예시로 만든 질문은 아 래와 같다. 스스로 소설가라고 소개하던 나인데 지금 은 왜 에세이만 쓰고 있지? 나는 왜 날이 추워지고 해 가 짧아지면 영락없이 기분이 가라앉아 어쩔 줄 모르는 걸까? 해가 떠 있는 대낮에만 겨우 책상 앞에 앉아 일하다니 너무 게으른 건 아닌가? 어째서 일주일에 한 번, 그것도 주말에 어김없이 시럽이 발린 달콤한 빵이 먹고 싶을까? 하루 한 끼 한식을 먹으면, 한 끼는 양식을 먹고 싶은 변덕스러운 식욕의 원인은? 좋은 글을 읽을 때마다 한없이 초라해지면서도 뭐라도 쓰고 싶은 욕구를 느끼는 나는 무엇을 바라며 계속 쓰고 있는 걸까?

방(탄)구석 1열

미치도록 좋아해서 마니아가 된 사람들을 동경했다. 나는 좋아하는 마음을 자각하는 그 순간 이성이 발동하는 탓에 당황스러울 때가 많았다. '이게 뭐라고 그렇게까지?'라는 목소리가 튀어나와 심각해지기 전에 알아서 발을 뺐다. 나이가 들면서 누구나 좋아하는 대상을 향해 열정을 다할 수 있는 건 아니라고 체념했다. 그래도 읽고 쓰는 일만큼은 오랫동안 좋아했다고 자부했는데 최근엔 고작 이 정도의 애정으로도 괜찮을지 의문이 든다. 쓰지 않아도 되는 글까지 관성처럼 쓸까 봐 경계하게 된다.

그럴 때면 《오늘의 할 일: 방탄》이라는 책을 꺼내든다. 방탄소년단을 좋아한다는 것 외에는 공통점이라고는 하나도 없던 사람들이 만나 계절이 두 번 바뀌도록 이 책 한 권을 만드는 일에 몰두했다. 나는 그때도 해외콘서트를 가겠다는 다른 이들과 나의 애정을 비교하며 내 마음이 작고 못났다고 했지만, 책 만들기는 나 같은 방구석 1열이 할 수 있는 최대치의 애정 표현이다. 좋아하는 아티스트에 대한 책을 만든 뒤 나는 다만 표현방식이 다를 뿐이라고 생각하게 되었다.

마음이 스콘해지고

가끔 스콘이 먹고 싶어서 평소보다 일찍 일어난다. 사람 많은 시간대를 피해 서촌에 있는 '스코프'까지 가려면 아침부터 부지런히 움직여야 한다. 집밥을 연달아 먹다 보면 빵이 꼭 먹고 싶어지는데, 그럴 때 가장 먼저 스콘이 생각난다.

스코프의 스콘은 크기가 커서 한 개만 먹어도 든든하다. 부드러운 버터 향을 맡으면 온탕에 몸을 담근 것처럼 나른해져 누군가 말을 걸면 말꼬리까지 길게 늘어뜨릴 것 같다.

스콘을 먹을 때 속도 조절이 관건이라 행동이 느려진다. 흥분해서 너무 빠른 속도로 먹으면 스콘 하나를 다 먹어 치우기도 전에 목구멍이 막혀 포크를 내려놓을 수도 있다. 입안에서 천천히, 충분히 녹인 뒤에 목구멍으로 넘겨야 스콘 두어 개를 질리지 않고 충분히 맛볼 수 있다. 버터의 풍미가 입안 가득 채워지면 몸의 모든 모서리가 둥그렇게 변하는 느낌이다. 이때만큼은 잠시 결정을 미뤄둔다. 조급했던 마음의 템포도 느려진다.

오해를 받았던 순간

어린 시절엔 주로 억울한 상황일 때 일기를 썼다. 말보다 글이 더 편하고, 언제 무슨 말을 해야 할지 파악하느라 대답하는데 시간이 걸리는 소심한 아이는 상황이 다 끝나버린 후에 일기에 이렇게 적었다. '선생님, 그게 아니었어요.', '나는 너희가 생각하는 그런 사람이 아닌데.'

학원에서 피아노를 배우던 때였다. 선생님이 연습할 부분을 알려준 뒤 콩나물 대가리처럼 찌그러진 동그라미 열 개를 그리고 방을 나갔다. 한 번만 연주해놓고 과감하게 동그라미 두 개를 색칠하던 친구도 있었지만, 나는 정직하게 한 번에 하나만 칠했다. 그러다가 깜빡하고 색칠하지 않은 채 한 번 더 연주하고 말았다. 두 번이나 연주했는데 그걸 하나로 '퉁' 쳐버리는 건 공정하지 않다는 생각이 들어 연주를 끝내자마자 잽싸게 두 개를 색칠했다.

바로 그 순간, 문이 열리면서 "너 방금 동그라미 두 개 칠했지? 선생님이 다 봤어. 솔직히 말해."라는 목소리가 들렸다. 그저 사실대로 전하면 되는데, 다그치는 선생님 앞에서 어떻게 설명해야 하나 한참을 생각하던 나는 그만 해명할 기회도 날리고 반성문까지 써야 했다.

하지 않아도 된다면

만약 복권에 당첨되어서 어떤 일을 하지 않아도 된다면? 언젠가 친구가 이런 질문을 해보면 자신의 욕구를 분명히 알게 된다고 말한 적이 있다. 그때 나는 하고 싶지 않은 일을 하느라 괴로운 시간을 모조리 '하고 싶은 일, 읽고 쓰는 일'에만 쏟아붓고 싶다고 말했다. 특히 아주 느린 속도로 여러 해에 걸쳐 글 한 편만 다듬고 고치면서 완성해보고 싶다고. 성실하게 다작을 하는 작가도 부럽지만 신중하게 글을 발표하는 작가가 존경스러웠다. 백 번을 고쳐도 지치지 않는 작가가 되고 싶기 때문이다.

더 나아가 읽고 쓰는 행위가 삶의 중심에 놓인 사람들과 마음껏 작업하고, 만나고, 쉴 수 있는 공간을 갖고 싶다. 카페나 공유오피스를 전전하며 매일 일터가 바뀌는 친구들을 불러 모을 수 있도록. 그곳에서 재주 많은 내 친구들은 아마 모임을 기획하고, 행사를 벌이고, 전시회도 준비하겠지. 벌써 가장 먼저 초대하고 싶은 친구들의 얼굴이 몇몇 떠오른다. 읽고, 쓰고, 창작하는 사람들을 내 공간에서 마음껏 만나는 삶...이라고 적고 보니 지금도 못하고 있는 건 아니라 로또 1등 당첨자가 된 것처럼 어깨가 올라간다.

그때는 달랐다

과거 어느 시점을 회상하며 "아, 그때 참 좋았는데!"라는 말이 나온다면 '그때'가 바로 전성기인 것 같다. 스물두 살, 독일에서 살았던 시기를 생각하면 그 시절이 참 좋았다는 말이 저절로 나온다. 짧은 도피 이후엔 지체 없이 생활 전선에 뛰어들어야 했기에 독일 생활은 더욱 각별했다.

나는 대출금과 취업의 압박을 뒤로 하고 한국을 떠났다. 내가 감당할 자신이 없어 유예한 것들은 의식적으로 잊으려 했다. 외국에 공부하러 온 학생이라는 명분 덕분에 한국에 돌아가 치러야 하는 일들은 잊을 수 있었다. 해방감은 넘쳤고, 겉으로는 걱정이 없었다. 새로운 자극을 언제든 받아들일 준비가 되어 있었다.

한국어로 실컷 얘기하던 때가 그리워 방안에서 혼자 울던 날도 있었지만 지금은 독일 얘기만 하면 "좋았던 기억밖에 없다"라고 말한다. 낯선 환경에서 어설픈 외국어로 더듬더듬 말할 때마다 느꼈던 자괴감, 길거리에서 당했던 인종차별이나 생활비를 아끼려 마트에서 가장 싼 식료품만 대량으로 구매했던 일이 생생한데도 여기서는 '취준생'이 아니라는 사실 하나에 안도했다. 인생에 단 몇 달이라도 먹고사는 문제와 무관한, 나만을 위한 시간을 보냈기 때문인지도 모른다.

독일에서 두 계절을 보내고 돌아온 뒤 나는 돈 버는 일만 급급했고, 어느새 낭만을 부르짖는 이들을 조롱하는 속인이 되어 있었다.

무기력을 이기는 관찰

평일 오후, 경의선 숲길을 걷다 보면 강아지와 함께 산책하러 나온 노인이 많다. 그 속에서 나이가 많지도 않고 강아지도 키우지 않는 나 같은 사람은 어쩌다 흘러들어온 외래종 같다. 그러다 나와 비슷한 사람을 만나면 반가운 기분이 들고 동시에 섣부른 상상을 제멋대로 하게 된다.

은테 안경을 쓴 30대 중반 남성이 넥타이와 와이셔츠의 단추 두어 개를 풀고서 벤치 하나를 차지한 채 낮잠을 자는 광경을 목격했다. 공원 한가운데에서 멀끔한 정장 차림을 하고 서류 가방까지 옆에 놔둔 채 곤히 낮잠을 자는 남자의 얼굴은 피곤해 보였고, 그 옆에는 먹다 만 것 같은 딸기 우유 한 팩이 있었다.

남자는 지난 밤 아이들의 육아 문제로 아내와 심하게 다툰 뒤 집을 나왔다. 코로나로 인해 아이들을 유치원, 어린이집에 보낼 수 없게 된 이후로 재택근무와 육아를 병행하는 아내의 스트레스가 폭발했다. 양가의 도움을 받을 수 없는 상황이라 남자도 막막하다. 설상가상으로 그저께 회사에서 희망퇴직 권유를 받았지만, 그 얘기는 차마 꺼낼 수조차 없다. 도망가고 싶다는 생각뿐인 남자는 우유 한 팩으로 아침을 해결하고 경의선 숲길에서 시간을 때우는 중이다.

상상으로 빚어진 이야기를 만들다 보니 오전이 금방 지나갔고, 나는 그렇게 다른 사람을 관찰하며 한낮의 무기력을 이겨낼 수 있었다.

우리가 함께 듣던 노래

코로나19 하루 평균 확진자가 세 자릿수로 늘어나기 전에 1박 2일동안 여름휴가를 갔다. 연희동 '사과 민박'에서 사람들과 함께 새벽까지 먹고 떠들며 놀았다.

밤이 되자 거실에 둘러앉아 빔프로젝터를 연결했고 누가 먼저랄 것도 없이 유튜브에 접속해 선우정아의 노래부터 틀었다. 첫 곡은 선우정아의 '딩굴딩굴'이었다. '딩굴딩굴 데굴데굴'이 반복되는 가사를 읊조리며 한마음 한뜻으로 공감했다. 유튜브 알고리즘은 사람을 재울 생각이 없는 듯 끊임없이 선우정아 라이브 영상을 추천했다. '덕후는 힘이 없다'라고 중얼대며 동영상을 연달아 보는데 문득 기분이 이상해졌다. 열창하는 뮤지션을 바라보며 열광하는 사람들. 커다란 공연장을 가득 채운 함성과 마스크 없이 입을 크게 벌리고 노래를 따라 부르며, 빈틈없이 서로 달라붙은 채 무대를 향해 팔을 뻗어 환호하는 관객들. 카메라가 무대가 아닌 관객들을 비출 때마다 보이는 광경이 낯설었다.

누군가 "이제 마스크 없이 외출하는 것도 어색한데, 저렇게 큰 공연장에서 다시 놀 수 있을까?"라는 말을 꺼냈다. 여전히 즐거운 얼굴로 환호하는 무대 밑 관객들을 바라보며 나는 그 안에서 익숙한 얼굴 하나라도 찾고 싶어졌다.

내 방 여행하기

내 방은 나란 인간만큼이나 심심한 편이다. 현관문을
열고 들어서면 보이는 책상과 책장, 침대까지 어느 하
나도 제자리를 벗어나지 않은 느낌이다. 언제든 짐을
싸서 나갈 수 있어야 한다는 생각으로 독립해서 산 지
6년이 지난 지금까지도 살림의 규모는 단출하다. 여행
지에 빗대자면 역사적인 명소도 아니고, 볼거리가 많
은 관광지도 아니지만 단출한 휴양지로서는 그럭저럭
쓸만한 곳이다. 정신을 시끄럽게 만드는 불필요한 물
건 없이, 침대에 누워 벽에 붙여 놓은 아름다운 그림
을 감상하거나 화분을 돌보며 머리를 비우기엔 괜찮
은 공간이다.

　식물과 그림이 자리한 곳을 지나 책상 위나 책장
으로 넘어가면 내 방의 가장 역동적인 공간이 펼쳐진
다. 특히 책상 위에는 언제나 경외하는 작가들의 책 몇
권이 여기저기에 널브러져 있다. 책들은 각자의 목소
리로 지금 당장 내 이야기를 들어보라고 거세게 주장
한다. 홍세화, 이태준, 줄리아 카메론, 이승우, 김세희
가 아우성을 치는데 이들 중 누구의 꾐에 넘어갈 것인
가 고민이 깊어진다. 마침내 책을 집어 들면 그때부
터 내 방은 책의 분위기에 따라 순식간에 다른 여행
지가 된다.

나의 서울

서울에서 독립생활을 시작한 후 자주 거처를 옮겼다. 동네의 입지와 방의 크기, 층수, 햇빛의 유무까지 가격표에 따라 차이가 나는 서울에서 가난한 사회초년생의 정착은 늘 요원한 일이다. 내가 살던 방을 사랑할 수는 없었지만, 그런데도 서울을 떠나고 싶었던 적은 없다. 직장을 그만두자 가족들은 물론 가까운 친구들도 의아해했다.

"왜 서울에 남아있어? 그 복잡하고 비싼 곳에. 집에 돌아가는 게 낫지 않아?"

문화적 이점과 생활편의시설 및 한강을 비롯한 랜드마크까지 관광청 직원처럼 서울의 장점을 설명한 적도 있다. 요즘에는 여기가 내 고향이라 마음이 편하다고 말한다. 나에게 고향이란 과거에 살던 장소가 아닌, 미래를 그리고 싶어지는 곳이다. 앞으로 여기에서 잘해보고 싶다는 의지가 생기는 곳, 나에겐 그런 도시는 서울뿐이다.

유통기한 만 년의 마음

영화 〈중경삼림〉에서 사랑에 유통기한을 적어야 한다면 만 년으로 적고 싶다고 금성무가 읊조리던 대사를 이해하지 못하던 때가 있었다. 그때는 사랑의 범주가 오로지 성애적인 감정에만 국한되는 줄 알았다. 요즘엔 사랑도 여러 가지라 어떤 사랑은 격렬한 감정에 가깝지만, 또 어떤 사랑은 담담한 태도 자체일 수도 있다고 생각한다.

성애적 감정이 아닌, 다른 결의 사랑도 내 인생의 중심축이 될 수 있다는 걸 알게 된 지는 2년도 채 되지 않았다. 가장 나다운 방식으로 내가 하고 싶은 말을 쓰기 위해 고민하고, 스스로 세운 목표를 이루기 위해 묵묵히 노력하는 과정은 사랑 없이는 지속할 수 없다.

방 안에 화분을 들이고, 매일 물을 주는 것도 마찬가지다. 물을 좋아하는 스파티필룸을 한여름 직사광선 밑에 놔두었다가 이파리가 시들해지자 가슴이 철렁 내려앉았다. 스파티필룸이 예전처럼 파릇해지기를 바라던 마음과 매일 어떤 글을 써야 할까 고민하는 마음엔 공통점이 많았다. 바라는 것 없이 행위 자체에 집중하는 어쩌면 가장 순수한 마음, 이 마음의 유통기한을 만 년으로 하고 싶다.

낯선 일상

마포역 4번 출구를 나와 바로 보이는 작은 공원을 왼쪽에 끼고 쭉 걸어 들어가면 식당과 술집이 모여있는 먹자골목이 보인다. 어두워지면 사람들이 몰리는 고기집, 호프집이 대부분이라 낮에는 한산한 편이다. 사람이 없는 낮 시간대를 틈타 가끔 동네 한 바퀴를 돈다. 삼겹살집과 곱창집 가운데에서 'Gallery 일상'이라는 간판이 눈에 띄었다. 4평이 채 될까 말까 한 협소한 공간 안에서 도자기 몇 점과 세로로 길게 꼬인 설치미술품 한 점이 보였다. 이런 곳에 미술 작품을 전시하는 갤러리를 만들 생각을 한 사람은 누구일까. 호기심이 일어 문 앞에 왔지만 들어갈까 말까 머뭇거렸다.

통유리로 된 문은 한없이 투명해서 손바닥을 대고 힘을 주면 곧장 열릴 것 같았지만 결국 출입문에는 손을 대지 못했다. 관람객 한 명 없는 이 갤러리에 여태껏 이 동네에서 몇 사람이나 문을 열고 들어가 작품을 구경했을까.

밤이면 불판 위에 고기 타는 냄새가 코를 찌르고 얼굴이 붉어진 사람들의 고함으로 가득한 먹자골목 한가운데에 있는 갤러리는 어쩐지 '방해금지'라는 팻말을 걸어둔 채 자기만의 세계에 빠진 장인의 작업실 같기도 했다. 문을 열어 감히 발을 들이는 순간 훼방을 놓을

것 같아 바깥에서 지켜보기만 해야 할 것 같은데 이름
은 '일상'이라니, 이 오묘한 공간은 여전히 이질적이다.

코로나 시대의 오해

심리상담이 끝난 후 중국식 냉면을 먹기 위해 길을 나섰다. 그런데 주택과 상가가 블록처럼 조립된 주상복합 단지에서 길을 잃었다. 비슷비슷하게 생긴 상점과 출입구가 간격 없이 붙어있는 건물에서 GPS 도보 찾기 기능도 무용지물이었다.

십여 분 가까이 비슷한 출구를 나갔다가, 돌아왔다가 하는 사이 지하철 출구와 연결된 출입문과는 점점 멀어져 갔다. 머리가 울릴 정도로 시끄럽게 기계가 돌아가는 소리가 났고, 기계 옆에서 작업자들이 건물을 보수하느라 분주해 보였다.

처음 오는 건물이었지만 냉면집은 상가가 많은 외부에 있으면 모를까, 이렇게까지 깊숙이 있을 것 같지는 않아 발걸음을 돌리려고 하는데 한 작업자와 눈이 마주쳤다. 작업자는 살짝 놀란 표정으로 황급히 주머니에서 마스크를 꺼내 썼다. 땀 한 방울까지 다 보일 정도로 가까운 거리는 아니었지만 붉게 상기된 채 번들거리는 그의 얼굴이 고된 육체노동과 폭염에 지쳐 보였다. 감염 예방을 위해 마스크를 착용해야 한다는 걸 알지만 그날은 어쩐지 내가 누군가의 노동에 부담을 준 것 같아 마음이 편치 않았다. 나와 눈이 마주친 작업자가 눈치를 주자 다른 사람들도 마스크를 끼려는 것 같았다. 미안한 마음에 나는 빠르게 그곳을 벗어났다.

마스크를 벗은 일꾼들과, 거리는 유지하지 않고 다가간 나, 코로나 시대의 질서를 깜빡한 사람들은 그렇게 화들짝 놀라 서로를 피해갔다.

0의 기분

KTX를 타고 서울에서 수원까지 가는 내내 은지를 만나는 일이 좋으면서도 싫었다. 은지가 싫은 게 아니라, 나의 손상된 마음이 누군가를 다치게 만들까 봐 두려웠다. 잔뜩 일그러지고 꼬인 내 상태로는 그 누구와도 대화를 오래 이어갈 수 없다는 걸 알았다. 어떻게든 아는 사람이 없는 곳을 찾아 도망 다니던 때였다.

열차가 수원역에 정차했고, 은지가 밝은 얼굴로 다가와서 내 옆에 앉자 밥상머리에서 밥알을 다 씹어 넘기지 않은 채 말하는 성격 급한 사람처럼 쓸데없는 이야기를 늘어놓았다. 아무것도 묻거나 다그치지 않은 은지에게 나만 다급해져 말을 계속하는 사이에 기차는 부산에 도착했다.

그날 밤 나는 은지와 애들이 가자는 곳으로 향했다. 어디든 너희 좋을 대로 가자며 끌려다니기를 택했다. 일제강점기에 지은 목조주택을 헐어 만든 술집에 들어가 새벽 세 시가 된 줄도 모르고 떠드는 친구들 앞에서 나는 대낮에 기차 안에서 하지 못했던 다른 이야기를 했다. 사실은 힘에 부쳐서 도망친 거였고, 다른 이유는 없었고, 나는 대책도 없고 끈기도 없이 남은 거라고는 없는 0의 상태라고. 마이너스로 치닫지 않기 위해 애쓰는 일만으로도 지금 나는 가끔 숨이 헐떡일 정도로

버겁다고. 다시 0 이상의 무언가를 목표할 수 있는 사람이 될 자신이 없다고. 탁자 한가운데에서 촛불 몇 개가 바닥에 촛농을 떨어뜨렸다. 초가 타오를 때 나는 매캐한 냄새를 맡으며 친구들의 얼굴을 보았다. 나는 저 촛불처럼 부주의하게 촛농 같은 걸 두 눈에서 떨어트릴까 봐 눈에 힘을 주었다. 기어코 눈물이 나고 말았다.

10년 전 나에게

10년 전, 20대 초반에 내가 들었던 얘기는 대부분 장밋빛 미래를 점치는 미사여구에 가까웠다. 어떤 일이든 해도 괜찮다는, 아직 가능성이 크니 걱정하지 말고 해보라는 말, 세상을 향해 등을 떠미는 말이었다. 그러나 그때 누군가 생각보다 인생은 짧고, 그 시간 동안 고민하고 머뭇거리다가 말게 될 거라고 경고했더라면 어땠을까. 성장은커녕 유지를 하기에도 급급한 날이 다가올 거고, 지금 네 고민을 해결하더라도 또 다른 고민이 튀어나올 거라고. 그러니까 지금 고민 때문에 터널에 갇힌 것처럼 도무지 앞이 보이지 않을 땐 차라리 눈을 감고 빛이 느껴질 때까지 가만히 기다려보라고. 터널을 지나면 잠시 햇빛이 비추지만 터널은 반복될 거라고 말해줬더라면.

그리고 갈팡질팡하며 시간을 보내는 것은 지극히 정상이라고 말해주고 싶다. 부딪치고 깨닫는 과정은 시간 낭비가 아니다. 이렇게 당부하고 싶다.

"경험을 축적하고 깨닫는 시간을 자린고비처럼 아까워하면 안전할 수 있겠지만, 위험을 무릅쓰고 새로운 경험을 한 너와는 아주 다른 사람이 될 거야. 만약 아까워해서 그런 사람이 되지 못했다면 99프로로 슬픈 일이고, 인생에서 가장 후회하게 될 거야."

배짱, 고집, 야망

해가 지는 시간이 점점 더 앞당겨질수록 나는 불안을 자주 느끼는 편이다. 차라리 불안한 이유가 여러 가지 복합적이라면 이것저것 시도해볼 텐데. 원인은 소설 작업때문이다. 어떻게든 빨리 마무리를 지어야 한다는 의무감과 먼 길을 둘러 가더라도 천천히 돌파해나가고 싶다는 욕심이 충돌한다.

글쓰기는 마지막 문장에 마침표를 찍기 전까지는 아무리 많은 시간을 투자해도 '결과 없음'으로만 남는 허무한 일이지만 계속 쓰고 싶다. 뭐가 될지도 모르는 이야기를 만지작대는 시간이 괴롭고 답답해도 포기하고 싶었던 적은 없다. 다만 언제까지나 포기하지 않으려면 제법 긴 시간을 인내하기 위한 기반을 다져야 한다. 불안해하지 않을 배짱과 주변의 우려 섞인 시선에도 꼿꼿하게 내 것을 쓸 줄 아는 고집, 그리고 자신의 한계를 뛰어넘고 말겠다는 야망이 필요하다. 아직은 배짱과 고집, 야망이 부족해서 어떤 날엔 한없이 자신감이 꺾인다. 그런 날엔 야망을 키우기 위해 좋은 소설을 찾아 읽는데, 오늘 선택한 책은 오야마다 히로코의 《구멍》이다.

다른 이의 글을 빌려 쓴다

소설집 《구멍》에 수록된 〈공장〉이라는 작품을 빌려 글을 써본다. 소설 쓰는 재미를 찾고 싶은 날엔 종종 다른 이가 만든 세계 속으로 뛰어든다. 서사가 있는 작품 속 등장인물 한 명의 시점을 정해 내 입맛대로 이야기를 바꾼다. 훌륭한 작품을 훼손할 수는 없으니 한 토막 정도만 손을 풀고 곧바로 지워 버린다. 그러다 보면 신기하게도 공통점이 보인다. 내가 끌리는 캐릭터, 편하게 서술할 수 있는 시점을 파악할 수 있다. 나는 용감하고 능동적이며 매력적인 인물이 주어진 상황을 변화시키려고 노력하는 이야기에 끌린다. 어떤 작품을 집어도 그런 이야기로 끌고 가게 된다.

짧은 소설을 완성해보는 워크숍을 진행할 때도 비슷한 과정이 있는데 참석자들의 생김새만큼이나 다양한 이야기가 나오기에 매번 놀란다. 지금껏 이 세상에 발표된 작품의 숫자만큼, 우리가 앞으로 쓸 수 있는 이야기도 무궁무진하다.

동물 사체에서만 자라는 희귀한 이끼류를 발견한 날부터 나는 공장에서 일어나는 수상한 일을 기록하기 시작했다. 때마침 공장 직원의 자녀들을 대상으로 한 이끼 연구회에서 만난 한 녀석도 비슷한 일을 하고 있었다.

"제가 그동안 정리한 자료에요."

열두 살이 정리한 자료라고는 믿을 수 없을 정도로 꼼꼼하게 정리된 보고서를 받았다. 이끼를 채집하면서 보았던 뉴트리아 사체부터 세탁기 도마뱀, 검은 새까지 공장 안에서만 보이는 생물을 쫓아다니며 습성과 생태를 관찰한 내용이었다. 그로부터 일주일 후, 나는 녀석에게 한 가지 은밀한 제안을 했다.

"공장 안에서만 보이는 생물체를 함께 연구해보자. 사무실엔 어차피 나뿐이니 이곳을 우리 연구실로 쓸 수도 있겠지."

수상한 생물체를 쫓다 보면 반드시 공장의 비밀이 밝혀진다는 확신이 있었다. 생태계 교란종인 뉴트리아의 개체수도 늘어나고 있었고, 세탁물의 찌꺼기를 먹고 사는 기괴한 도마뱀까지 발견한 마당에 망설일 여유는 없었다. 나는 녀석과 함께 수십 년간 유지된 공장의 생태계를 관찰해 기이한 생물들의 출현에 얽힌 비밀을 파헤쳐보기로 했다.

쓰면서 알게 된 것

에필로그를 쓰고 있다. 이별이 힘들다는 사람을 이해하지 못하던 때가 있었는데, 깜박이는 커서를 바라보고 첫 문장을 썼다 지웠다 반복하며 40분 동안 마지막 인사말을 한 줄도 쓰지 못했다. 만남과 이별에 무딘 편이라 여겼던 나 자신이 낯설어지는 순간이다. 나는 이렇듯 나 자신을 낯설게 만드는 글쓰기의 위력을 실감할 때마다 두렵다. 글쓰기란 내가 아는 나의 모습을 의심하고, 진짜 나를 알아가는 과정이다. 알고 싶지 않았던 단점, 욕망, 두려움까지 통과하게 된다. 나의 욕망은 '더 많은 사람에게 영향을 끼치는 글을 쓰고 싶다'라는 것이다. 그런 욕망에도 불구하고 충분히 몰입하지 못한 거 같아 아쉽다. 그럴듯하게 꾸며내기만 한 글을 쓰지 않기 위해 유독 망설인다는 점도 알았다. 지름길이 있다는 생각을 버렸다. 지금껏 그랬듯 쓰면서 실패하고, 다시 쓰는 과정을 통해 배우는 수밖에.

마침표를 찍는 일이 늘 어렵다. 여기에서 끝내도 되나? 더 써야 하지 않나? 마지막인데 이런 문장은 좀 아니지 않나. 끝을 내기가 어렵다는 사실을 깨닫게 되어 첫 문장을 시작하는 것조차 꺼려질 때도 있다. 이번에도 힘들면 어떡하지? 그럼에도 불구하고 또 시작하는 이유는 마침표를 찍은 후에야 알 수 있기 때문이다.

시작한 이야기를 끝내 본 사람만이 느낄 수 있는 희열을 기다린다. 그래, 이거였어. 마침표를 찍는 순간 자괴감이 아닌 희열을 느끼기를 간절히 바라며, 일단 마침표를 찍는다.